異世界とチートな農園主 4

Farmer in Cheat

浅野 明

Asano Akira

主な
登場人物
Main Character
リオール
ロウス皇国の皇子。
本人は自分を幸運だと
思っているが、
正真正銘の不運。
イタチョー
ロウス皇国で温泉宿兼
小料理屋を営む。
お米を使った料理を
振る舞っているらしい。
リン
本作の主人公。
６年ぶりに外に出ようとした
途端、プレイしていたVRMMO
ゲームとよく似た世界に
アバターの姿でトリップして
しまう。夢は農園主。
グリースロウ
リンを母と慕う魔王。
本来は虎の姿だが、
子猫サイズや人型にも
なれる。

メルティーナ
セイルーナと仲の良い高位妖精。セイルーナとともにリンの家に住む。
セイルーナ
高位妖精。一目でリンを気に入り、契約を迫る。可愛らしい服装が好き。あだ名は蚊トンボ。
フェリクス・ライセリュート
大商家であるライセリュート家の長男。お人よしでリンに助力を惜しまない。
ニナリウィア
リンと契約している精霊。可愛いもの好き。

1　いざ、出発

「ここまで育てば大丈夫かな」

私はハーブ園を見渡して、よしよしと頷く。

冒険者パーティ「吹き抜ける風」の面々から、「ロウス皇国のメーティル地方で入手した紅白餅の調査をするので、ぜひリンに同行をお願いしたい」と言われたのが一週間前のこと。

実はその前にも、ロウス皇国のリオール皇子からメーティル地方にぜひ来てくれと言われていたし、ここリヒトシュルツ王国のストル王子からも、視察して欲しいと頼まれていた。話によれば、イタチョーなる人物がそこで小料理屋を開き、オンセンやら紅白餅やらを提供しているのだとか。その人、私と同じ日本から来たんじゃない？

それが本当だとしたら興味があるし、だから行くこと自体は引き受けたのだが、ハーブが無事に根付くまでは農園を離れるわけにはいかないため、皆に待ってもらったのである。

今日は出発の日だが、とうとうハーブががっちり根付いたようだ。それは、根元が植えた時の倍くらいの太さになっているかどうかでわかる。

私のハーブは根元がかなり太くなっているから、もう大丈夫だろう。これが根付かなかったら出発を延ばすところだったよ。ほんとに。

「リンさん～みなさん来られましたよ～」

ほっと胸をなでおろしていると、ヴェゼルが呼びに来た。

竜人の彼は、「吹き抜ける風」のメンバーであるマナカの養子だ。マナカは別の仕事があるため、出発の日まで預かって欲しいと頼まれたのである。

私は集合場所である家の玄関へと向かった。

今回の小旅行（？）は、総勢十一名の大所帯。

玄関にいたのは、「吹き抜ける風」メンバー——剣闘士ラティス、聖剣士スレイ、レンジャーのアリス、賢者シオン、召喚士マナカ——と、パーティ「はみ出し者たち」に所属するエルフの弓使いミネア。それに、この世界では謎の物体とされる紅白餅を入手した竜騎士のラグナ少年、勇者フェイルクラウト、さらにはヴェゼル少年と私、私を母と慕うグリーこと魔王グリースロウ。

「吹き抜ける風」のスレイはラグナ少年と従兄弟《いとこ》とのことで、パーティともども同行することになった。また、ミネアは父親がかつて紅白餅の研究をして爆発事故を起こしたため、その事故の原因究明のためについてくることに。

この世界のお餅は、爆発するらしい。意味不明だけど。スキルや魔力が変に作用したのかも？　なんて考えたりもしたが、たかがお餅で死者が出るほどの爆発が起こるなんて、信じられない。

フェイルクラウトが同行するのは、ストル王子から派遣されたからというのもあるが、危険物

（？）である紅白餅で何か起こった場合に対処できるようにという意味もあるそうだ。

「人数多いなあ。転移門ってこんなに一気に通れるものなの？」

私の疑問に答えてくれたのはフェイルクラウトだ。

「問題ない。転移門は荷物がなければ一度に二十人まで通れる。今回は十一人だからな。荷物も持っていけるだろう」

どうやら転移門には重量制限があるようだ。その制限内で門に入る大きさであるなら、かなり大きな荷物でも持ち込めるらしい。便利だなあ。とはいえ、今回はせいぜい一泊程度の予定なので、荷物もほとんどないのだが。

転移門は、ストル王子の協力により、今回は王宮内にあるものを使用できることになった。急ぐこともないので、私たちはのんびり話をしながら王宮へと向かう。

「通常なら、王宮の転移門を使用できるのは王族、もしくは王族が許可を出した高位貴族だけだからな」

王子も使用許可を出す理由をこじつけるのに苦労していた、とフェイルクラウトが苦笑しながら教えてくれた。

それでも自分が依頼したことでもあるし、私が農園を長いこと留守にするのを好まないのも知っているから、一番近い転移門を用意してくれたのだとか。

ちなみに表向きの理由は、ロウス皇国の皇子からの招待を受け、勇者フェイルクラウトを使者として派遣する、ということになっているようだ。私たちは、庶民目線の意見を出すために同行する、国民代表なのだとか。まあ妥当だね！

転移門は王宮の敷地内ではあるが、お城からはやや離れた位置にあった。

何となく高い塔を想像していたのだが、普通の平屋の一戸建てだ。しかも、ぼろっちい気がする。元は白かったはずの壁は汚れてくすんだ灰色になり、屋根はトタンのようなもので、しかも一部剥《は》がれている。風に揺られてバタバタとうるさい。ドアや窓枠の茶色い塗装も所々剥《は》げていた。

「……本当にここ？」

思わず疑いの目でフェイルクラウトを見てしまったのも、仕方がないことだ。だって、王宮施設の中でも最重要に位置するはずの転移門だよ？　しかも見張りの兵士もいないし。意味わからんわ。

「そんな目で見ないでくれるか」

困ったようにため息をつくフェイルクラウト。

周りを見れば、私以外のみんなも疑うような目を彼に向けていた。まあ、そりゃそうだよね。

でも——と、もう一度私はぼろ小屋に目をやる。

何となく違和感があるんだよねえ。なんかこう、見ていると気持ち悪いというか。

「母上、これは幻覚ですよ」

「幻覚？」

「はい、かなり高度な幻覚魔法を三重にかけてあります」

少年姿のグリーが肩をすくめていう。

チート級の能力を持つ私もダマすなんて、ずいぶんと高度な魔法だなあ。

「さすがに魔王はダマせないか。その通り、これは幻覚魔法だ。国でもトップクラスの魔法使いが二十人がかりで、五年の歳月をかけて結んだ幻覚魔法なんだがな」

「所詮《しょせん》人間のすることだ。魔王たる我を欺《あざむ》けるはずがない」

愚かだな、と氷よりも冷たい視線で射抜き、フェイルクラウトを金縛りにしてしまうグリー。うん、やめてあげて。勇者の顔色真っ青よ？

ともあれ、良かった。とりあえず自分がダマされていて。これで幻覚魔法が全く効いていなかったら、化け物扱いは必至だからね。さすがの私も魔王と同列に扱われたらへこむよねえ。

「と、とにかく」

ごほん、と空咳《からせき》をすると、フェイルクラウトは懐《ふところ》から赤い小さなビー玉のようなものがついたネックレスを出し、皆に渡す。

「それを首からかけていれば、転移門を通れる。グリー殿も持っておいてくれ。これは通行許可証も兼ねているので、幻覚魔法が効かなくても所持しておく必要があるのだ」

「……わかった」

渋々、といった様子でグリーが頷く。彼は装飾品の類《たぐい》はあまり好まないのだ。少年姿のグリーってすごく可愛いし、本当は色々飾ってみたいんだけどね。

ともあれ、こうして私たちは大したトラブルもなく無事転移門を通過して、ロウス皇国へと入国。リオール皇子の寄こした迎えの多人数用飛龍に乗って、農園を出発して半日と少しで目的のメーティル地方へと足を踏み入れたのだった。

◆◆◆

「らっしゃい」

『小料理屋さくら』と書かれた薄桃色の暖簾《のれん》をくぐると、懐かしい日本語が聞こえてきた。つい、きょろきょろとなんちゃって和風の店内を見回してしまう。

ここは最近正式にオープンしたのだという、リオール皇子自慢の小料理屋。

メーティル地方最大の都市である港町コニッシュに到着して、真っ先にここへ来たのは、もちろんそれが皇子の指示だからである。この店で、リオールと合流するらしい。

店内はこぢんまりとしていて、落ち着いた雰囲気だ。ちらほらと客の姿が見える。どうやら遅めのランチを楽しんでいるらしい。

「えっと、リオールの紹介で来たんだけど」

一人だけいた、給仕らしきお兄さんに声をかけてみる。

するとお兄さんは「承っております」と頷き、奥の席へ案内してくれた。

「どうぞこちらへ」

二十歳くらいの赤毛のお兄さんは、美形というわけではないが優しく親しみやすい顔立ちで、爽やかな笑顔に好感が持てる。

「なんだか独特の雰囲気ね」

「本当ね～不思議なものがたくさんあるわ～」

アリスの言葉にマナカも頷き、そこかしこに飾ってある折り紙で作られた花々や、竹で編まれたバスケットなどをしげしげと見つめている。

よく見ると、この折り紙は和紙でできている。どうやって和紙を作ったのかな？

案内された席は小上がりのようになっていて、座布団が置かれていた。席は掘りごたつ形式で、座ると足を下に伸ばせる。

勇者もグリーも例外なく皆が店内を物珍しげに見渡している中、私はつい一点を凝視してしまった。

「リン、どうしたの？」

アリスに肩を叩かれるまで、自分でも驚くくらいそれに集中していた。

いや、でも日本人ならきっと私の気持ちをわかってくれるのではないかと思う。

私の視線の先にあったのは、「梅」。いわゆる梅干しである。

気がつけば異世界にいた私。ご飯のお供として最高である梅干しを、もう何年も食べていない。お米が大好きな私はもちろん、なめ茸も鮭も海苔《のり》も昆布も大好物だが、やはり梅干しは欠かせない。もう四年も、今挙げたご飯のお供に会えていない。ついでにカレーも食べたい。牛丼も。ああ、日本で食べたものが本当に恋しい。おでんもいいし、鍋料理はどれも最高だ。夏は冷やし中華かそうめんか。ウナギのかば焼きもいいなあ。

「リン？　リーン。帰っておいでー」

ゆさゆさとアリスに揺さぶられるが、日本の食べ物への思いが止まらない私は、シュパッと手を挙げて給仕を呼ぶと、何が作れるのか確認していく。

うん、本当はリオールが来てからとか思ってたけど、無理。だって目の前に渇望していた日本の料理があるんだよ？　食べたいよね？　これ以上お預けとかあり得ない。拷問《ごうもん》か！

というわけで給仕に色々尋ねてみると、さらに驚くべきことが発覚した。

「……お好み焼き？　え、ほんとに？」

「はい。イタチョーが、あの……」

と、カウンターのところに置いてある梅干しの瓶を指さす。

「ピクルスに並々ならぬ興味を持った方がいれば、必ずこのメニューをご案内するように、と言っておりまして」

それがお好み焼き、カレー、牛丼らしい。……日本人であれば食いつかずにはいられない選択肢である。どれも逃せない。

というわけで、全部注文することにしたのだった。

◆　◆　◆

リオールが到着しても黙々と料理を食べ続けていた私。

「くっ……何で食べているだけなのに、こんなに鬼気迫る感じなんだ？　全然声をかける隙《すき》がないじゃないか」

なんだかぶつぶつ呟いているリオールは華麗にスルー。今の私はそれどころではないのですよ。

結論として、ここのイタチョーはたいそう腕がいいということがわかった。どの料理も美味《おい》しく、懐かしい味わいなのだ。

リオールは私が食べ終わったのを見るや、イタチョーを呼び出してくれる。

見れば、私以外は皆すでに食べ終わっていて、全員の視線を独り占めしていた。なんか待たせて悪かったなと思っていると、アリスたちから妖《あや》しい視線が。

「無表情で食べるリンも素敵……」

「可愛いですね～お持ち帰りしたいですねえ～」

「ククク、萌《も》え、か」

「シオン、怖いからやめろ。だが確かにいい」

「ああ、グッジョブ、リン」

順にアリス、マナカ、シオン、スレイ、ラティスである。

いっぺん地の底に埋めてみたら、彼らのこの変な病も治るかも、なんてチラっと考えた私は悪くない。断じて悪くないですとも。

初めてこの症状を目の当たりにしたリオールとヴェゼルがドン引きしているから、その辺にしておこうよ。

ともあれ、ぺんぺんぺん、と頬を叩き、皆を正気（？）に戻すことに成功した私は、改めてイタチョーに自己紹介をした。

「初めまして、私はリン。日本人ですよ」

どう考えても同郷の人間であろうイタチョーに思い切って言ってみると、イタチョーは目を見張った。

「は、はははははは」

そこまで爆笑することはないんじゃないかな、とちょっぴり傷つく。

が、そんな私の心境などお構いなしに笑い続けるイタチョー。

「日本人、日本人だって！　小さいのに、なかなかいい味出してんな嬢ちゃん。改めて、俺は桜川《さくらがわ》寅之助《とらのすけ》。寅と呼んでくれや」

短く刈った黒髪に黒い瞳。黒いもさもさの髭《ひげ》。体格がよく、手はがっちりしている。

「俺は料理人だ。よろしくな」

「あ、うん。私は……リン。よろしく」

日本にいた頃の本名を言おうかと少し迷ったが、結局、改めて今の名前を伝えるだけにした。

この姿になって四年。パソコンでゲームを始めた頃から数えると十年が経っているのだ。すでに日本人としての名前はその用途を失って久しい。もう「リン」という名前になじみまくっているため、今さら他の名前を呼ばれても違和感が凄まじいのだ。

いきなり噴き出したかと思うと、豪快に笑い始めた料理人の寅さん。歳の頃は五十前後といったところか。陽気な人なのかと思いきや、その瞳には翳《かげ》りが見える。

「ああ。改めてよろしくな、リン」

こうして私は、寅之助ことイタチョーと出会ったのだった。

2　イタチョーの苦悩

イタチョーは笑いながらも、私が元日本人だということにひどく衝撃を受けているようだった。

というか、私の言葉に同行者たちも目を見開いて驚いている。

さすがに日本と聞いてすぐに異世界の国だとは思わないだろうけど、そもそもどこの国から来たのかすら、皆には言ったことがないもんね。それをいきなり出会ったばかりの人物に暴露したんだから驚くよねえ。

ともあれ、同郷の人間だということがわかって安堵《あんど》の表情を浮かべたイタチョー。

当然というか、彼も日本人だった。しかも元の住所は私が暮らしていた場所と近かった。ぶっちゃけ自転車で行けるくらいの距離である。

いまだ混乱中だけど、それでもイタチョーには色々話したいことがあるようだ。

そもそも、梅干しをカウンターに置いているのも、梅干しに食いついた人間に日本の料理を提供するのも、日本人を探すためだという。海外でも和食は広がっているから、梅干しさえ知っているなら同じ地球から来た可能性が高いと踏んだのだとか。

だが、ここにきて地球人——しかも日本人に出会ったのは私が初めてらしい。異世界から来た人間、というのは案外いないようだ。まあ、そりゃそうか。そんなにごろごろいたら驚くわな。

そんなことを話しているうちに店は徐々に混み始め、イタチョーは調理に忙しくなって、話をするどころではなくなってきた。

まあ、話も聞きたいけど、とにかく今は久しぶりの日本の食事をゆっくり楽しみたい。

リオールに、まだ食べるのかと呆れるような目で見られたが、もちろんだよ?

そんな私の希望もあって、話をしたがるイタチョーをなだめ、夜に宿の一室で改めて場を持つことになった。

そして夜になり、イタチョーの話を聞いたのだが……私は彼に同情を禁じえなかった。

イタチョーの話によると、こうだ。

◆　◆　◆

イタチョーこと桜川寅之助、五十二歳。

彼は老舗《しにせ》だが潰《つぶ》れかけの旅館の板長を務めていた。

その日も食材を買いつけ、時間がないからと段ボール箱を三箱持って、よたよたと厨房の裏口へ向かっていた。

そしていったん段ボールを下ろし、汗を拭《ぬぐ》って一休憩。裏口を開けるとまた段ボールを三つ持ち上げ、よたよたと裏口から入る。

で、中に入ったらなぜか見知った厨房ではなく、この町からほど近いリセリッタという村の入り口の辺りに立っていた。近くには農作業中の村人の姿がある。

イタチョーは激しく動揺した。何が起こったのか、全く見当がつかない。

彼はゲームなどしたこともなく、特別、本を読むタイプでもなかった。だというのに突然異世界に放り出されて、混乱しないわけがない。

しかも、両手で食材の入った段ボールを抱えたままなのだ。そりゃあ何の冗談かとも思う。

明らかに外国人顔の、地球では染めないとあり得ないほどカラフルな髪や目の色の人々。彼らが近づいてきて、警戒心剝《む》き出しで色々尋ねてくるのに、混乱しているイタチョーは全く答えることができなかった。

そのとき彼らの話している言葉は、イタチョーの耳には日本語に聞こえていたのだが、それももちろん気づいていなかった。あとで思い返してみて、わかったのだ。

戸惑っていたイタチョーは、両腕が限界に達したのもあり、段ボールを取り落してしまった。

中身が地面に散らばり、大事な食材を落としたことで焦った彼は、とにかく野菜を拾うことに必死になっていた。

その姿を見て、村人たちは大いに困惑した。

そもそも村人たちがイタチョーを警戒していたのは、彼が大きな箱を三つも抱えていたからだ。

この頃、村の周辺には盗賊が出没していたため、イタチョーは盗品を箱に入れて持ち去ろうとしているのではないかと疑われたのである。

けれど、イタチョーが持っていた箱の中身は、どう見ても食材だった。

ついに村人たちは、ガタイはいいが人のよさそうな彼が必死で野菜を拾っている姿を見て、散らばった食材を拾うのを手伝い始めた。

食材をすべて箱に納めた頃には、村人たちとも何となく笑顔で話し始めたイタチョー。

「ありがとうございます。ところでここはどこなんだろう？」

さて、早く下処理をしてしまわなくては、とイタチョーが辺りを見回して困ったように呟く。

下処理をするにも、ここは見慣れた厨房ではないし、帰り方もさっぱりわからない。

周りには昔見た油絵に描かれていた、外国の片田舎の小さな村、といった風景が広がっている。

彼は真夏の日本にいたはずなのに、ここでは涼しいというより肌寒さを感じる風が吹き渡っていた。食材が暑さで傷む心配がないのだけは救いであるが。

「ここはリセリッタ村じゃよ」

いつの間にかイタチョーの前に立っていたのは、立派な白い髭《ひげ》を蓄《たくわ》えた白髪のご老人。

「ワシはこの村の村長をしておる。グリオニールというのじゃが、お前さんは異国から来なすったのかね？　名前は何と言う？」

「はあ、ぐ、グリ……？　俺は老舗《しにせ》旅館『扇屋《おうぎや》』で板長をしている桜川寅之助というのですが」

「さく……とら……？」

それぞれに名前がよく発音できなかった。イタチョーは横文字の名前になじみがなく、グリオニール村長も日本の名前は全く聞いたこともなかったのだ。

「う、ううむ、困ったのう。ワシのことは村長でいいがのう。ところでその『イタチョー』とは何じゃ？」

かろうじて村長が聞き取れて発音できた言葉の意味を聞いてみる。

「ああ、ええと、俺は料理人でして、その仕事上の呼び名というか、役職名というか」

料理人と聞いて、辺りがざわめく。

「静かにせんか、皆。では、そなたのことはイタチョーと呼ばせてもらってもよいかのう」

「え、ええ、まあそれは構いませんが」

呼び名とかどうでもいいから、とにかく帰りたい。それを告げると、村長は重々しく頷いて事情を聞こう、とイタチョーを自宅に招いた。

イタチョーが自分の身に起こったことを包み隠さず……というより、特別話せることもありはしないのだが、とにかくすべて正直に話すと、村長は大きく息を吐いてこう言った。

「うむ、ようわかった。だが、そなたを帰す方法はワシにはわからん」

「わからんですか」

「そうじゃ。そなたのように異界から迷い込んでくる者はたまにおるでな。そういった者らは『来訪者』と呼ばれ、古い文献などにも記載があるし、伝承でも残っておる。だが、『来訪者』が元の世界に戻ったという話はとんと聞かんのう」

「……それは帰れないってことですか」

そんな馬鹿な、とイタチョーの顔から血の気が引く。

五十二歳にもなって、外国にすらほとんど行ったこともないのに、段ボール三つ分の食材だけを持って、見たことも聞いたこともない異世界に突然放り出されてしまったのである。しかも、帰り方はわからないときた。もう、絶望するしかない。

「いやいや、早とちりをするでないぞ。ワシは知らんが、明後日《あさって》には知っておるやもしれぬお方がこの村に来ることになっておる。そもそも、伝承や文献では最後はどうなったかわかっておらぬ『来訪者』も多いのだ。民間には伝わっておらんでも、あのお方ならご存じかもしれん」

「ほ、本当に？」

藁《わら》にも縋《すが》る思いのイタチョー。

日本には老いた母親と兄夫婦、それに妻は早くに亡くなってしまったが、彼女によく似た、春先に大学を無事卒業して就職したばかりの愛娘が一人いるのだ。

こんな親類縁者の一人もいない土地で、一生を終えることなどできるはずがない。たとえ時間はかかっても、日本に帰らねばならないのである。

そんなわけで、イタチョーはとりあえずそのお方とやらが村に訪れるのを待つことにした。

ちなみに彼が持っていた食材は、この村に一人だけいる氷魔法の使い手に魔法ですべて凍らせてもらったため、傷む心配はなくなった。

「そこで相談なのじゃがな、そのお方が来られるときに料理を作って欲しいのじゃ」

「料理？」

「うむ、村では今、料理がまともにできる者がおらんでなあ」

もちろん、ごく一般の家庭料理くらいなら作れる者は大勢いる。だが、身分の高いお方に出すには少々問題がある。なぜなら――

「この村にはな、【料理】のスキル持ちがおらんのじゃ」

そもそも、こんな小さな片田舎の村に身分の高い人が来るなどあり得ないことなのだ。

けれど、なぜかその異常事態が起こってしまったのだから、とにかく少々凝った料理を作れる料理人が至急必要なのは間違いない。

急遽《きゅうきょ》手分けをして探し、近くのコニッシュという港街から連れてこようとしたのだが、もてなすべきお方の身分があまりにも高すぎて料理人たちは皆尻込みしてしまい、引き受けてくれる者がいなかった。

そこへ、イタチョーが現れた、というわけだ。

「ただし、気を悪くしないで欲しいのじゃが、でき上がった料理はワシが【鑑定】スキルで毒が入ってないかどうかを確かめさせてもらう」

「はあ、そりゃそんなに身分が高い人なら毒見は当然として……あの、スキルって何です？」

「……そなた、スキルを知らんのか」

村長が目を丸くしてイタチョーを見る。

「ええと、はい。日本にはなかったので」

村長の発言はイタチョーにわかりやすい言葉へと勝手に翻訳されているらしいのだが、どうもその「スキル」というのは英語のスキルとは違うニュアンスのようである。だから、イタチョーは曖《あい》味《まい》に頷くしかなかった。

「ううむ。それではそなたは、自身の保有スキルも称号も知らんということになるのう」

もし【料理】のスキルを持っていなかったらマズイ、と村長がうんうんと考え込む。

「スキル持ちと持たぬ者とでは、同じものを作ったとて、その出来に天と地ほどの開きがあるからのう」

村長は悩んだ末に、神殿の神官に話を通し、彼のスキルを確認してもらうことにした。

身分の高い人に【料理】スキルのない者が料理を出すなどあり得ない、というのがこの世界の常識なのだ。

そして、村で唯一の神殿で神官に確認の儀式をしてもらったところ、イタチョーのスキルが判明した。

【名前】桜川寅之助（イタチョー）【称号】神の舌を持つ男・老舗の板長・異界よりの来訪者
【メイン職】天才料理人
【保有スキル】
料理：７０　食材鑑定：８２　食材の心得：６６　料理の心得：８８
解体：６８　混乱耐性：１２

「数値が異常なまでに高いのう。さすがは来訪者じゃ」

大抵の『来訪者』は何かしらの特技を持っており、スキル数値が異様に高いことは一般にも知られている。

スキルを見て、これなら……と思った村長は、すべてを彼に任せることにした。

身分の高いそのお方が来訪する前日、イタチョーは集められた食材を使っていくつか料理をしてみせた。そのどれもが唸《うな》るほどの出来であり、一度箸《はし》をつけたら完食するまでやめられないくらい美味《おい》しい。

また、イタチョー自身も驚いていた。見たことのない食材でも、なぜか使い方がわかるのである。

そのうえ、日本で作った時よりも格段に出来がいい。

これこそがスキルの恩恵であり、味にもかなり補正が効いていると実感した。

そして当日。村にやってきたのは、リオール皇子だった。


「『来訪者』？　ああ、帰る方法なら知っているぞ」

デザートをぱくつきながらあっさり言い放った彼の名はリオール。このロウス皇国の第九皇子にして、今最も皇位に近いと言われている人物である。

彼はイタチョーの料理を絶賛し、呼び出して誉めまくると、イタチョーの話も快く聞いてくれた。

高い身分に反して、なんとも気さくな皇子である。

「ほ、本当に⁉」

あまりにあっさり言い放たれたために、皇子の言葉を脳裏で三度ほど反芻《はんすう》して、ようやく理解できたイタチョーは、驚いて思わずグイッと顔を皇子に近づけ、護衛の騎士に制止された。

こんなにあっという間に日本に帰る方法が見つかるなど、幸運以外の何ものでもない。その時のイタチョーには、リオール皇子が神様に思えた。

しかし、そんなうまい話などありはしない。

続いたリオール皇子の言葉に、イタチョーは目が点になる。

「いいか、早とちりするな。帰る方法は知っているし、試してもいいが、本当に元の世界に帰れるかどうかまではわからんぞ」

その言葉を二度心の中で繰り返しても、全く意味がつかめないイタチョー。

そんな彼の心の内がわかったのか、リオール皇子は来訪者とはどういう存在かということも含めて、かみ砕いて説明してくれた。

「つまり、だ」

彼の解説によると、こうだ。
・来訪者の存在は太古から確認されており、数十年に二、三人現れる。そのため、どこの国でもある程度の対応が決められている。
・来訪者が異世界へ帰るための魔法陣は昔、一人の来訪者が作り出しており、古い血統を保っている国の王族ならば知っているし、そこまで秘匿《ひとく》されているわけではない。
・魔法陣は大掛かりなもので、制作者の来訪者以外が使うとなると、最低でも宮廷魔術師クラスの魔法使いが十人は必要。準備にも三年はかかる。
・魔法陣を発動させれば異世界への扉が現れるが、扉の向こうが本当に帰りたい世界なのかどうかは誰にもわからない。

「……最後のところ、もう一度お願いできますか」

「うん？　だから、魔法陣を作って異世界に行くことはできるが、その異世界が元いた場所だという保証はないいってことだな」

二度聞いてもわからなかったイタチョーは首を傾げる。

「この魔法陣を作った来訪者が、帰り際に言い残した言葉があってな」

『いずれ、魔法陣を使用するかもしれない未来の来訪者たち。この魔法陣は想いを形に変えるものだ。想い描く場所が扉の向こうの世界。想いが足りなければ帰ることはかなわない』

「……はあ」

こういったことに疎《うと》いイタチョーには、やっぱりよくわからなかった。

が、つまりは、この世にはいくつもの世界があり、それらが同時に存在しているということなのだろう。

魔法陣を使えば別世界への扉を開くことはできるものの、特定の世界へと繋ぐことは難しい。おそらく、重なり合う何百枚の折り紙の中から、目隠しをして目的の一枚を抜き出すみたいなものだ。

そこで、使用者の想いを形に変えるという——つまりは想いが道しるべになって、元の世界との扉を繋ぐという設定にしたのだろう。

簡単に言うと、イタチョーの故郷への想いが足りなければ、扉は全然別の世界へ繋がってしまう可能性があるということだ。しかも扉をくぐってみないと、向こう側がどういった世界なのかはわからない。やり直しはきかないのである。

そこまで聞いて、イタチョーは考えた。

帰りたいという気持ちは強いが、果たして自分はどれだけ強く故郷を、娘を想えば帰れるのだろう、と。

これでまた全然違う場所に行ってしまったら、今度はもうどうすることもできないかもしれない。

「魔法陣は準備しよう。それが我が国と来訪者の取り決めだからな。魔法陣を使うか使わないかはお前次第だ。もちろん使わなくても構わない。最低でも三年の準備期間が必要だし、魔法陣は二年は特に何もせずとも維持できるからな。五年の猶予がある。ゆっくりと考えるがいい」

五年、とイタチョーは呟いた。

そもそも三年後の自分は、今と変わらず故郷を思い出せるのだろうか。年々記憶力も低下しているのに？

もちろん娘に対する愛情は揺るぎないものだし、彼女を忘れることなどあり得ない。

だから、帰れるとほぼ確信はしているのだが、それでも即答はできなかった。

そんなイタチョーに、リオールは魔法陣の準備期間中に頼みたいことがあると言った。

料理の腕を見込んで、街で食堂を開かないかと提案してきたのである。

◆　◆　◆

「それでまあ生計を立てる必要もあるし、と誘いに乗って街に来てみたら、大騒ぎになっていた」

「人騒ぎ？」

なんと、街中で冒険者が暴れてスキルを暴発させ、その影響で温泉が湧き出たらしい。

だが悲しいかな。この辺りにはそもそも温泉という文化がなかった。

だから街中の人々は、地中からお湯がものすごい勢いで噴出しているがどうしたらいいか、と右往左往し、もう少しで街の治安維持を担う魔法騎士団まで出動するところだったそうだ。

イタチョーは同行していたリオール皇子に、温泉の有用性を説くことにした。

リオール皇子は有用性は認めてくれたが、ではどうしたら良かろう、とイタチョーに返した。

そこでイタチョーは故郷を忘れないためにも、リオール皇子の協力のもと、この温泉宿兼小料理屋を作ったのだという。

ただの食堂よりは、せっかく湧き出た温泉を有効活用したほうがいいに決まっているし、何より日本人のイタチョーにとって、毎日温泉に入り放題というのは非常に魅力的だった。

そして今では、街中の人間が温泉のとりこになりつつある。

「へえ、それは良かったね」

「うむ、イタチョーに力説されてオンセンヤドなるものを作ったが、まさかオンセンがこれほど素晴らしいものだとはな」

リオールが腕を組んで唸《うな》るように言った。実際、彼も温泉の魅力に取りつかれた一人らしい。用もないのにここにきては温泉に入り浸っているのだとか。

ちなみに、ここでたまに提供している日本食はイタチョーが初めに持ち込んだ段ボール箱の中身を使っているので、もう残りはわずかだという。これが尽きたら、日本食はほぼ作れなくなってしまうそうだ。なんてこった。

「すでに今回提供したもので、お好み焼きとカレーは最後だ。調味料も作ろうとは試みているが、今のところ自家製では味噌しかできていないな。まあ、もうすぐ醬油はできそうだが。あと米麹《こめこうじ》か、ぬか床《どこ》かな」

「え、味噌とぬか床《どこ》？　ちょうだい、ちょうだい」

グイッとイタチョーに顔を近づける私。

それはそうだろう。味噌とぬか床《どこ》があればそれだけでも……。く、ニヤニヤが止まらない。しかも醬油に米麹《こめこうじ》までもうすぐできるって⁉　それはもう……我が家に勧誘するしかないでしょう。

「お、おお。嬢ちゃん、その年で味噌とぬか床《どこ》にここまで食いつくとは。なかなか渋いな」

まあ、中身の実年齢は子供じゃないからね。見た目詐欺だからね。

「醤油と米麹《こめこうじ》って、完成までにあとどれくらいかかる？」

「そうだな、あと二ヵ月もあればできるだろう。この世界には魔法とかいう、けったいなものが存在するからな」

けったいって、おっさん。まあいいけど。

「いやまあね。ところでイタチョーさん、我が家に来ない？」

たぶんこの世界に来て初めて、私は自分から同居人に誘ってみた。

しかしあっさり断られる。

「すまんな、嬢ちゃん。お誘いは嬉しいが、俺はこの温泉宿を離れたくないんでね。ここは俺の勤めていた旅館を模して作ってある。何年経っても鮮明に故郷を思い出せるようにな」

懐かしそうに目を細めるイタチョー。

私はそもそもそこまで日本に思い入れがないので、この方法で帰還するのはほぼ百パーセント不可能だろうが、イタチョーなら帰れるのかもしれない。

だがしかし。日本食にだけは未練が残る。食べ物の恨み（？）は怖いのだ。

とはいえ、よくよく思い返してみれば、ミネアの父親が研究していたお餅はナセルの迷宮で発見されたということだった。

ならば、イタチョーがだめでも、もしかしたらその迷宮には日本食材が眠っているのかもしれない。まだまだ日本食材を諦めるのは早いということか。

あと、お米は初めにイタチョーが飛ばされたリセリッタ村で、少量だけ作っているらしい。しかも！

「もち米もある」

重々しく呟かれたその言葉を、真の意味で理解できたのはもちろん私だけだろう。そしてそこに食いついたのもまた当たり前と言える。

考えてみれば、イタチョーは開店祝いに紅白餅をご近所さんに配っていたのだ。もち米、作って当然だよね。まさか日本から持ち込んだ貴重なもち米を紅白餅にして、ご近所さんに気前よく配りまくるとは思えないしねえ。

「ムムム、もち米かあ」

何を作ろうか。焼き餅、お雑煮《ぞうに》、お汁粉、おはぎ……

「ところで小豆《あずき》とか大豆《だいず》は？」

「ない」

めいっぱいの期待を込めた私に、無情にもきっぱりと首を横に振るイタチョー。

聞けば、味噌や醤油は大豆《だいず》とは別の豆を使って開発しているらしい。

「そ、そんな……餅ができるのに餡子《あんこ》も黄《き》な粉《こ》もないなんて」

それはまさにタルタルソースのないチキン南蛮。銀杏《ぎんなん》のない茶碗蒸し。あり得ない。

「そりゃあね、はちみつとかお砂糖でも美味《おい》しくいただけるよ？　お雑煮《ぞうに》もお味噌でもいけるよ。でもさ、黄《き》な粉《こ》も餡子《あんこ》もないなんて」

あんまりだ、と打ちひしがれる私を不思議そうに見ている同行者一行。

「話が全く見えないが、リンは何にここまでがっかりしているんだ？」

「食べ物の話だろ？」

ラティスとスレイが顔を見合わせる。

「まあでも、リンにしては珍しいくらい表情が出てるわね」

「なんだかひどく失望したような顔だけどな」

アリスとミネアが面白そうに私を指差す。

「というか～リンは来訪者だったのですね～」

「道理で～空気が違うと～」

マナカとヴェゼルが顔を見合わせる。

その二人の会話にハッとして一同が騒ぎ始めた。

「本当だわ。リンのことだし、あまりにも違和感なく会話してたから、思わずスルーしちゃった」

「確かにな。しかし来訪者か。道理で色々規格外なわけだ。何があってもリンだから、で納得してしまっていたな。反省しなくては」

何となくもう驚かなくなっていたと言うアリスに、フェイルクラウトが頷く。って、何気に失礼だな、おい。

リオール皇子は、と振り返れば、ぽかんと口を開けて私を見ている。

「皇子？　そんなに口開けてると顎《あご》外れるよ」

あとアホの子に見えるよ。言わないけど。

「あ、ああ。リンは……」

「ん？」

「リンは来訪者だったのか」

「ああうん、一応」

「一応？　とにかく来訪者なら、ストル王子には俺から話を通してリンにも魔法陣を……」

提供しよう、と言いかけたリオール皇子に、即座に私は首を横に振った。

「いいのか？　一生元の世界には帰れないぞ。よく考えて……」

「考えても無駄だよ」

だって、この方法では私は帰れない。間違いなく。

今ではもう、鮮明に思い出せるのは食事くらいのもの。日本の風景なんてとうに忘れてしまったよ。

想いの強さが世界をつかみ取るというのなら、私は間違いなく無理だ。

そう言うと、リオールはほっとした顔で頷いた。魔法陣作るの大変そうだからね。私の分を作らなくて済んで安心したのかな？

ともあれ、イタチョーとことん話をして。

翌朝、私たちは全員目の下に立派なクマを作っていたのだった。

3　もち米と蒸し器、臼と杵

結局、イタチョーの話をじっくり聞いていたら明け方近くになってしまった。

本当はできれば日帰りでと思っていたけど……まあ、なんとなくこうなる気はしていたよ。バッチリ宿に部屋用意してあったしな。

しかもよくよく聞いてみると、来た時に使った転移門はそう頻繁には使用できないらしい。あれは城や重要な砦なんかに設置されているもので、行き先を自由に設定できるんだけど、防衛の観点から使用できる者や頻度に制限がかけられているのだそうだ。

まあ、今回だってストル王子が色々と理由を作っていたわけだしね。そりゃ、一般人は利用しづらいよねえ。

もちろん一般人が利用できる転移門もあるけど、そっちはメーティル地方とリヒトシュルツ王国とを繋ぐものではない。一般利用できる転移門の出口は特定の場所に決まっていて、他の地点には出られないのだ。

ってわけで、この地に……というよりお米に未練たらたらな私は、農園留守番組代表（？）の蚊トンボを喚《よ》んで事情を話し、二、三日ここに留まることを告げた。

「そんなことになる予感はしとったわ」

呆れたようにため息をついて、蚊トンボが言う。妖精とは名ばかりの、くたびれたおっさん顔の生き物だ。

「お嬢の行動パターンはだいたい把握済みや」

「え、そう？」

「そうや。まあ、農園のほうは任せや。二、三日ならあっしらでなんとかするわ」

案外頼りになるのだ。蚊トンボも。だが、そのドヤ顔はやめろ。イラッとくるから。

ともあれ、そんなわけで私は朝から温泉を堪能していた。

やっぱり温泉の醍醐味といえば、朝風呂だよねえ。

明るいうちに入る温泉は格別なのだ。しかもこの温泉、露天風呂つきで、ちょっとしたなんちゃって日本庭園が見えて郷愁をそそるよ。こういうところに来ると日本が懐かしくなるし、ちょっと帰りたいかな、とか思ってしまうね。

それはそれとして、私は温泉に浸かりながらずっとあることを考えている。

「うーん、リンって出会った時とあまり変わらないわね。可愛いから、個人的にはこのままでいいと思うけど」

「そうね～来訪者だからなのかしら～」

一緒に温泉に浸かっていたアリス、マナカが口々に言ってくる。

ミネアは無言で私を見て、ふっと笑った。

うん、視線が私の胸に固定されているのはなぜだ。あとアリス、個人的意見はとりあえず心に秘めておいてくれ。

それと、私は一言物申したい！

「言っとくけど、これでもちょっとは成長してるわ！」

余計なお世話である。そのかわいそうな子を見るような視線はヤメテ。

確かに私の胸はここに来たときからあまり成長してないかもしれないが、それはこの体がゲームのアバターのようなものだからだ、たぶん。だって日本にいたときはそれなりにあったし！

というか、君たちが大きすぎるんだよ！　重くない？　肩凝らない？　みんなプロポーション良すぎないか？　なんだかすごく理不尽だ。

でも、なんか言ったら負けな気がする。

ところで、さっきから考えているのは、もちろん胸のことではない。断じて。

それは食事のことだ。イタチョーの勧誘にはあっさり失敗したが、調味料を分けてもらう約束はしたし、ここにいる間は作れる範囲でなら和食モドキも作ってくれるとのこと。それはとても嬉しい。

だがしかし、帰ったらまた和食からは遠のくよねえ。

「どうしました～リン～」

マナカの問いに、私は正直に答える。

「帰ったら、もう和食は食べられないんだなって。まあ、お米は分けてもらえるけど」

「リンは食欲の塊だな」

「今さら何を言ってるの、ミネア。当たり前じゃない」

ミネアの言葉を力強く肯定する私。

いや、だって考えてもみてよ。

「美味《おい》しいご飯を食べれば、それだけで気力が湧くでしょ？　反対にまずいご飯だとやる気なくなるじゃない。それが故郷の一番なじんだ味なら、なおさらだよ」

「確かにリンの言う通りね。食事は大事だわ」

アリスが深く同意してくれる。さすがは食材ギルド職員。わかってくれたか。

にしても、そろそろ茹《ゆだ》ってきた。湯あたりする前に上がらないとね。温泉は自分が思っている以上に体を温めるし、体力も失うのだ。

私たちは二階に作られた休憩処で椅子に座って、ゆっくりとお茶をすることにした。もちろんケーキも忘れずに。

湯上がりに甘いものは最高だよね。出てきたのは、季節のフルーツをたっぷりと盛り込んだフルーツタルトだった。甘すぎなくて、すごく美味《おい》しい。

ちなみに男性陣は少し離れた席でなんだか小難しい話をしている。

どうやらリオールとフェイルクラウトが中心になって、差し支えない範囲で情報交換しているようだ。

リオールはラティスたちの冒険譚にも興味津々で、色々質問もしている。

ちなみに、ヴェゼルは私たちと一緒にケーキを美味《おい》しそうに食べている。子供だしね。

ラグナ少年はこちらの様子をチラ見しながらも、来る様子はない。なんとなく顔が赤いけど、湯あたりでもしたのかな？

もちろん、グリーは私の隣に座って人間の姿でケーキを食べている。彼は意外にも甘いもの好きなのだ。

それにしても、だ。

とりあえず、お米ともち米は分けてもらえることになっている。イタチョーが知り合いの農家に話をつけてくれるらしい。

まあ、見返りとして某会社とゲームとのコラボ製品である調理器具のいくつかを譲ることになっているが。ゲーム時代のネタアイテムのほうが、この現実世界ではお役立ち。意外ですね。

ともあれ、お米を貰ったらスキルで苗にして、家の庭に水田を作って植えよう。これでお米に困ることはないと思うと、今からにんまりしてしまう。

「リンが～何か変だわ～」

「うーん、さっき話してたお米とやらの調理法でも考えているのかしら？」

アリスさん、鋭い。

「フフフ。お釜は家にあるけど、問題は蒸し器だねえ。それに臼《うす》と杵《きね》」

私は美味《おい》しいものを手に入れるための労力は惜しまない。

「ウスとキネ？　って、何？」

アリスが知らないのも当然だ。

「お餅を作るのに必要なんだよ」

幸い家には、レッドドラゴンのオルトも、ブラックドラゴンのメロウズもいる。力はあり余っているし、餅つき要員には事欠かない。

であれば、やはり臼《うす》と杵《きね》を用意してつきたてのお餅をいただきたい。

そうなると、まずはもち米を蒸さないといけないだろう。イタチョーはどうやらリオールの紹介でやってきた従業員に、スキルと魔法を駆使してもらってお餅を作ったらしいのだが。

「『蒸し器』って、どんなものなの？」

アリスに聞かれてちょっと首を傾げ、頭の隅から記憶を引っ張り出す。

「えーと……」

思い出しつつ紙に絵を描いて説明する。

「こんな感じで、ここに水を入れて蒸気で調理する道具なんだけど……」

「あら、これならヴィクターに作ってもらえばいいんじゃない？」

アリスの言葉に、はっとした。

そういえば、うちには樽《たる》……もとい、腕のいいドワーフの鍛冶師がいたじゃないか。武器防具以外にも、詳しく説明すれば調理道具だって作れるに違いない。

これで蒸し器の問題は解決だ。材料となる金属は、この街の鍛冶屋か道具屋を回れば適当なのが見つかるだろう。

あとは臼《うす》と杵《きね》か。こちらも絵を描いて説明してみる。

「そうねえ、これ材料は木なの？」

「そう」

「それなら～私の～知り合いに～腕のいい木工師がいるわ～頼んでみましょうか～」

「本当!?」

ぜひ、と勢いよく頷く私に、マナカが乾いた笑みを浮かべる。

「本当に～食べることが～お好きなんですね～」

そう言って、なぜかヴェゼルがキラキラした瞳で見つめてくる。少年よ、今の会話のどこにそんな尊敬の眼差しを向ける要素があったのかね？　思わず、じっと見つめ返してしまった。

「この子〜少し変わってるのよ〜」

……少し？　マナカの言葉にも、つい首を傾げてしまう私なのだった。

「それはともかく〜、木工師に頼むのは問題ないのだけど〜」

「何か他に問題が？」

「素材の木よ〜。なんでもいいのかしら〜」

「あ、そうか」

素材はなるべく丈夫で壊れにくいものでないとダメだよね。なにせ餅をつくのは……

脳裏に浮かんだのは、もちろんオルトとメロウズの竜コンビだ。力加減などできるだろうか？

「ううん、とにかく丈夫な木じゃないとダメだな。竜が踏んでも壊れないくらいに」

私の言葉に、アリスは眉を寄せて考える。

「そんな木あるかしら」

「丈夫なだけでいいならグレアーの木があるぞ」

うーん、と悩んでいると、いつの間にか側《そば》に来ていたリオールが唐突に声をかけてきて、驚いて振り返った私は思いきり彼と頭をぶつけてしまったのだった。

4　杵と臼、素材探し

「グレアーの木？」

私が頭をさすりながら聞くと、涙目になったリオールが頷く。

「ああ。……にしてもリン、石頭だな、お前」

「失礼な。私だって痛かったんだから」

にしても、グレアーの木とは何ぞや。この際、丈夫であれば文句は言うまい。何せあれもこれもと望むと碌《ろく》なことがないからだ。

一番重要なのは、竜が踏んでも壊れないいくらい丈夫であること。他の条件は二の次だ。

「グレアーは、いわゆる魔物の一種だな」

魔物というと、トレントみたいな感じだろうか。よくゲームとかであるよね、森に入ったら動き出した木の魔物に襲われる、とか。

そう言うと、良く知っているな、とリオールに驚きの目で見られた。

まあ、ゲーム好きだからね！　引きこもっている間に【楽しもう！　セカンドライフ・オンライン】以外にも色々やったからね！

「簡単に言うと、グレアーという魔物を倒すと、木材が素材としてドロップされるんだが……」

「しかし皇子、このような幼い少年や少女を行かせるのはいささか……」

なぜか、皇子お付きの人たちが渋い顔をしている。

「そうですよ、さすがにあそこはちょっと。どうしてもということであれば、ご命令いただければ我々で……」

「そうか？　そうだな、確かに具合が悪いか。女性も多いしな」

いやいや、なんだかわからないけど。

さすがに餅つきに必要な素材を皇子お付きの騎士さんたちに取って来てもらうのは悪いですよ？

一体、何が問題なのだろう。魔物を倒しに行くだけだよね？　よっぽど危険だとか？

「なんで私が行くのはよくないの？」

「ふむ、わかりやすく言うと魔物がいる場所が歓楽街なんだ」

さらっと言われたリオールの言葉に私は耳を疑った。

「……ごめん、もう一回言ってくれる？」

たぶん聞き間違いだ、という私の願いもむなしく、同じ言葉が聞こえてきた。

「だから、歓楽街だ。ちなみに歓楽街というのは……」

「それは知ってるから説明はいらないよ！」

説明をしようとしたリオールの言葉を、思わず遮る。

まあ、あれだ。引きこもっていた私は、お金はあったがもちろんホストクラブなどに行ったことはない。それどころか、飲み屋にもほとんど行かなかったのだ。お酒は自分の部屋で飲む主義です。にしても、歓楽街に魔物とかどうなのさ。そもそも歓楽街っていえば街中だよね？　魔物が出るとかおかしいでしょ。

ジト目でリオールを見ると……お、狼狽《うろた》えてる狼狽《うろた》えてる。

「いや、勘違いするなよ⁉　俺は行ってないからな⁉」

え、別に行ってたって問題ないけど。そこは狼狽《うろた》えるところなのか？　リオールだって年頃の男の子だし、ねえ。まあ身分が身分だから、ばれないようにしたほうがいいとは思うけど。いや、やっぱりだめなのかな？　奥さんで我慢しといたほうがいいよね。

「ごほん、いや濡れ衣だ。そんなジト目で見ないでくれるか。何を勘違いしているか知らないが、俺は独身だ……って、そんなことはどうでもいい」

そうなのか。てっきり奥さんが何人もいるものだとばかり。だってもう二十歳前だよね？　結婚、王族にしては遅くないかね。偏見かもしれないけど。

「とにかく、グレアーは特殊な魔物でな。トレントとはまた違うのだ」

強引に話を戻すリオール。

リオールの女性関係には大して興味ないので別にいいや、と呟いたら、リオールは肩を落としてしまった。なんでだ。あと、なぜそこで勝ち誇ったような顔をしているんだ、グリーよ。わけがわからんなあ。

「あら～リンは～罪な女ね～」

「小悪魔ってやつね。うふふふ」

「やるな、リン」

「くくく、男を手玉に……」

「シオン、その顔やめろ、変質者にしか見えん。だが、さすがだ、リン」

シオンを窘《たしな》めたかと思えば、なぜかどや顔でサムズアップするスレイ。

というか、本当に何なのさ。「吹き抜ける風」の面々がニヤニヤしていて気持ち悪い。ミネアもドン引きしてるぞ。

さすがにヴェゼルの前だからなのか、発言はともかくとしてマナカは口の端をぴくぴくさせているものの、一番まともな表情である。

「もういいよ、ほんとに。で、結局どう特殊なの？　なんで歓楽街なんかにいるのさ」

いい加減に話を進めよう。

「そうだった。つまりだな、グレアーというのはその、人の欲望を糧《かて》にする魔物なのだ」

それだけ聞くと嫌な魔物に思えるのだが、案外役に立つらしい。

グレアーは死んだときに、種と木を残す。

グレアーの木は、木工師に渡して特殊技術で加工すると、ものすごく丈夫な杖や弓、家具などになるので非常に人気がある。

もう一つのグレアーの種は、魔法加工をした檻《おり》の中で育てて大きくするらしい。そして一定以上に育ったら殺して種と木材を回収する、ということのようだ。育てるのに最も適しているのが歓楽街なのだという。

殺すために育てるとか残酷だな、と思ったが、考えてみれば食用の豚とか牛を育てるのも同じようなものなので、文句は言えない。それも立派な産業の一つなのだろう。

ちなみにグレアーはかなり凶暴で、国の発行する資格証を持った者でなくては、たとえ【調教】のスキル持ちだろうが勝手に「飼育師」にはなれないそうだ。

「だったら、その『飼育師』にお金を払って、木材を回収させてもらえばいいんじゃないの？」

「リンの疑問はもっともだ。だが、それはできないのだ」

「なんで」

「『飼育師』は育てるだけで、素材の回収はしないからだ」

さっぱりわからない。どういう意味だろうと私が首を傾げると、リオールもどう説明をしたものかと首をひねる。

「僭越《せんえつ》ながら、私がご説明させていただいてもよろしいでしょうか？」

このままでは埒《らち》が明かないと思ったのか、いつもリオールの傍《かたわ》らにひっそりと控えている青年が進み出てきた。

どうでもいいが、結構な回数顔を合わせているはずなのに、この人の声を初めて聞いたわ。顔はどこにでもいそうな一般人Aって感じだけど、声は渋くてものすごい美声である。声だけで女性が一ダースは落とせるに違いない。

「あの？」

「は、はい⁉」

ううむ、思わず返事が裏返ってしまった。

「コホン、失礼しました。よろしく」

この声で説明されて頭に入るかなあ、とか思いつつ、とりあえず頷いてみる。

「つまりですね、グレアーという魔物については、飼育する者と倒して素材を回収する者が別なのです。飼育師はあくまで育てるのみで、グレアーを倒せるほどの強さは持ち合わせておりません。逆に言えば、グレアーを倒せるほどの強さを持つ者は、グレアーを飼育することができません。グレアーとは、飼育師が弱いからこそ育てられる魔物なのです」

つまり、【調教】のスキルを持っていても強ければ飼育師になれる可能性はほぼない、ということらしい。なかなかに面倒な魔物だね。

「グレアーが自然に死ぬのを待つ飼育師も少なくないのです。寿命が三年から四年ほどなので。ただ、やはり素材回収を目的とする者は半年ほど育てた後に、冒険者なりに依頼をしてグレアーを倒してもらうことが多いですね」

私のようにグレアーの素材が欲しいという場合は、冒険者に依頼せずに自分たちで倒したほうが安上がりなんだとか。実力があるなら、なおさら。

グレアーはAランク指定の魔物、しかもパーティ推奨で、冒険者ギルドに討伐依頼をするとなると、とてもお高いらしい。

それでも素材すべてを売却すれば、冒険者に依頼料を支払っても十分な儲《もう》けが出るというから驚きだ。そして人気素材ゆえに、市場《しじょう》でだぶついていることもない。

飼育師に討伐や素材の買い取りを申し込んでも、三年は待つとのこと。

「……マジですか」

冒険者ギルドへの依頼金額を聞いて、目が点になった私である。確かにそれだけの金額を払って討伐し、さらに飼育師に素材代まで払うとなれば自分たちで狩ったほうが断然いい。グレアーの木の素材代も非常にお高いのだから。

「はい。ですので、『吹き抜ける風』の皆様、並びにフェイルクラウト様がいらっしゃるのでしたら、皆様で倒して素材を手に入れられたほうがよろしいかと」

「って、ちょっと待って」

良い声だなあ、とか聞きほれている場合ではない。

「三年待ちってことは、直接行ったって駄目じゃない？」

「いや、それは当てがある」

リオールの知り合いで、飼育師がいるらしい。少々頑固ではあるが、ちょうど今一年くらい育ったものがいるはずなので、交渉次第では狩らせてもらえる可能性があるとか。

「それなら行こう、すぐ行こう」

他の人に狩られる前に！　と意気込んで私が立ち上がると、なぜかみんなに止められた。

「いやいやいや、歓楽街とか教育に悪いから。俺たちで行くからここで待っていろ」

フェイルクラウトの言葉に、私は首を傾げる。だって今、真昼間だよ？　そっち方面の人は、みんな寝てる時間じゃないかな？

「本格的に人が動きだすのって夜からだよね」

「なんでリンが知ってる？　だが、言われてみればそう……かな？」

確かに今なら大丈夫か、と納得するフェイルクラウト。

結局、『吹き抜ける風』メンバーとフェイルクラウト、私とグリーで行くことになった。

ミネアはイタチョーからお餅のことをもう少し詳しく聞きたいと言って、ここに残ることに。

リオールはいろんな意味で危険だからとお付きの人たちに止められて、同行は断念。仕方なく、手紙に事情と私たちにグレアーを譲って欲しい旨をしたためて、渡してくれた。あと、その飼育師さんのいるところまでの地図もくれました。

というわけで、意気揚々と狩りに向かったのだが……グレアーを見た途端に後悔した私であった。

5　歓楽街へ

歓楽街は、街の北、中心部からかなり離れた場所にあった。

その一画だけ、高い壁に囲まれている。これは主にグレアーの盗難防止のためなのだそう。値段を聞いたあとだから納得である。

歓楽街は、さすがに昼間なだけあって閑散としていた。というより、ゴーストタウンと言ったほうがいいだろうか。人の気配がまるでないのである。

並んでいる建物はきらびやかで、なんというか、ちょっと高級っぽいというか。私の貧弱な語彙《ごい》力では表現が難しいなあ。

あと五時間もすれば、独特の熱気に包まれるのだという。ちょっと興味はあるが、あえて来たいと思うほどではないかなというのが私の感想だ。男だったらね～。

歓楽街は入り口近くが高級娼館で、奥に行くほど安くなるらしい。で、グレアー飼育所は最も奥まったところにあるのだとか。

「思ったよりも広いねえ」

わりと需要があるってことかな。

「人間とは愚かなものですね」

冷たく言い放ったグリーは、どうやら歓楽街がどんなところか知らなかったらしい。

来る途中にフェイルクラウトから詳しい話を聞くや否や、「そんな不埒《ふらち》な場所に母上を行かせるわけにはまいりません！」とか言って、私を引きずって帰ろうとしたよ。その際、周りのみんなを睨みつけ、金縛りにしてたしな。

しかし、不埒《ふらち》って。どこでそんな言葉を覚えたのやら。つい笑ってしまった私は悪くないよね！

ここまで来て帰るわけにはいかないので、なんとかグリーを説得しましたとも。いやー、納得させるの苦労したよ。

「ここは近隣の村や街からも客が来るようだから」

そう言って笑ったのはラグナ少年……あれ？

「いつの間に」

「あらほんと、どこから現れたの？」

どうやらラグナ少年に気づかなかったのは、私だけではなかったようだ。

思い返してみれば、グレアーの話をしていたときいたっけ？

ふとそんな疑問を口にすると、ラグナは顔を真っ赤にして怒った。

「いたよ！」

キレイな目立つ容姿のくせに、何気に影薄いな、少年。

ちなみに、ヴェゼルはもちろん留守番だ。ついてきたがっていたけど、子供だからね！　私？　私は似非《えせ》だから。これでも中身は大人だからいいのだ。それに、一応こっちの世界でも成人してるし。

「影の薄いところがラグナの長所だ」

それって長所なのか？

ニヤリと笑って言ったフェイルクラウトに、膨れっ面《つら》でラグナが抗議する。

「なにサラッとひどいこと言ってるんですか、勇者様。リンもアリスさんも。俺はずっといましたよ」

「悪い。にしても、確かにここまで誰にも気づかれないとか、お前本当に生きてるか？」

「ちょっ、ひどすぎです！」

ちょっぴり涙目のラグナ少年。

どうやらフェイルクラウトはラグナのことがお気に入りらしい。「これで脳筋でさえなければ……」と呟いていた。残念。脳筋は死んでも直らないというのが私の持論である。

「だが、本当に気づかなかった」

首をひねってフェイルクラウトが言えば、ナゼか胸を張って得意気にニヤリとするグリー。おお、可愛い。

うっかり振り返ってグリーを見たアリスは、鼻を押さえて下を向く。鼻血ですか……？　下手すると犯罪者一直線だな。

「母上、先ほどまで共にいたのに気にならなかったのは、高度な認識阻害の魔法がかかっていたからです」

それは気づかなかった。それを察知するとは、さすが魔王。伊達《だて》ではない。

「なんだって！」

私よりもラグナのほうが驚いている。おや？　私を騙《だま》すほどの認識阻害の魔法なんてスゴいや、とか思っていたけど……

「自分でかけたんじゃないの？」

「なんでそんなことをする必要があるんだ？　だいたい俺は、自慢じゃないが魔法関係は身体強化しか使えない！」

身体強化ねえ。確かに自分に合った魔力の使い方だとは思うけど、なんで胸張ってドヤ顔？

「ラグナが魔法を使える必要はないからな。……脳筋だし」

最後だけ小さく口の中で呟くフェイルクラウト。

「しかし、誰が魔法をかけたんだ？」

そこは重要だ、というフェイルクラウトに全員が頷く。

確かに気になるところだ。もしかして、気づかないうちに誰かに監視とかされているのかも。

「それは私です、母上」

……あれ？　意外なところに犯人が。

高度な魔法も逃がさずキャッチしてくれるなんて、と感心していたのに、おかしいな？

私も含めた皆の視線がグリーに突き刺さるが、全く悪びれた様子はない。

「なんでそんなことを？」

「奴の母上に向ける視線が気に入らなかったので」

何を言ってるんですか、息子よ。

だが、私以外はなぜか「ああ～」と納得した模様。え、仲間外れ？

ラグナも首を傾げていたが。魔法をかけられた本人にも理由はわからないようだ。

グリーがかけた魔法なら、私が気づかなくて当然だねえ。原因がわかってすっきりしたよ。理由は不明だけど、まあ、きっと単なるいたずらだよね。まったく、可愛いんだから。

すっきりした私たちは、未だ釈然としない様子のラグナを放っておいて、さくさく奥へと向かう。

「あ、待ってくれ！」

追いかけてくるラグナ少年。不憫《ふびん》。

いらんトラブル（?）もあったが、そうこうしている間になんとかリオールに言われた場所に着く。

「……ここ」

「地図によると、そうだな。間違いない」

貰った地図を見ながら黙々と先頭を歩いていたシオンに、ラティスが地図を覗《のぞ》き込んで頷く。

目の前には、掘っ立て小屋みたいなのが三つ並んでいる。周りの建物より小汚いというか、みすぼらしいというか。

「おーい、誰か」

スレイが一番手前の小屋を覗《のぞ》き込んで声をかけたが、すぐに青い顔をして離れた。

「スレイ？　どうしたの」

怪訝《けげん》そうなアリスの問いに、口をパクパクさせて小屋の中を指差すスレイ。

「もう、なあに？」

ちゃんと口で言ってよね、とプリプリ怒りながら中を覗《のぞ》いたアリスもまた、同じようにずざっと後ずさり、真っ青な顔で小屋を指差す。

スゴく気になるが、二人の反応からするにイヤな予感しかしないよね！

「母上は止《や》めましょう」

つい好奇心に負けて覗《のぞ》こうとしたら、グリーに止められてしまった。いや、だって気になるじゃないか、二人のあの反応はさ。

「おい、誰だ！　泥棒か!?」

突然大きな声がした。私はビクッとして辺りを見回す。だが、私たち以外は誰もいない。

「おい！」

また声がしたが、やはり誰もいない。

おかしい。私だけでなく、他の皆もキョロキョロしている。声の主がどこにいるのか、誰にもわからないようだ。

「答えないなら警備隊に通報するぞ」

そんなことを言われても、姿が確認できないのだから答えようもない。なんだか理不尽である。

「我々はリオール皇子に紹介されて来たのだが」

フェイルクラウトが視線をさまよわせながらも、とりあえず答えてみる。もちろん、警戒は怠らない。姿が見えず、声だけ聞こえるのだから当然だろう。怪しさ満点だ。

「皇子の紹介だと？　ふむ、ならば証拠を見せてみろ」

「見せるのは構わないが、まず姿を現して欲しい」

「何を言っとるんだ。ワシはずっと目の前におるだろうが」

その言葉にまた辺りを見回す。

「目の前？」

「いたか？」

「……」

『困ったわね〜』

「わからないわ」

「なんか特殊なスキルでも使ってるんじゃないか」

フェイルクラウトも「吹き抜ける風」もラグナも探すが、やはり見当たらない。もちろん、私とグリーも探したけどね。

「馬鹿たれ。きちっとワシに渡さぬか」

と、言われましても。

しばらくキョロキョロして、ようやく見つけた。

それは、私の足元にいた小さな人だったのだ。

6　グレアーの飼育師

小さいにも程がある。いくらなんでも小指くらいの背丈ってどうなのさ。

なのに声は普通にヒトと話しているように聞こえるのだから、見つからないのも当然だ。

その小人を発見した私は、思わずビクッとして飛びのいてしまった。踏みそうで怖すぎる。

「どうしたの、リン」

アリスに一言返す。

「いた」

「いたか、どこだ？」

フェイルクラウトがやれやれ、といった感じで聞いてきたので、私はその小さすぎるヒトを指差す。

「ん？」

首を傾げて、じっと覗《のぞ》き込むラグナ。

「……って、ちっさ！」

目を凝らすフェイルクラウトの横で、「息を吹きかけたら飛ぶんじゃないか」とラグナが失礼なことを喚《わめ》いている。その気持ちはわかるが。

というか、風が吹いたらそれこそ飛んでいってしまうのでは？　……試したらダメかな。

「娘、なにやら失礼なことを考えておらんか」

「気のせい、気のせい」

小人に言われてぷるぷると頭を振る私の背後から覗《のぞ》き込んできたのは、マナカだ。ちらりと見ると、心なしか目がきらきらしているような？

「あら～もしかして、幻族かしら～。こんなところで会えるなんて～」

相変わらずのんびりした口調ながら、どうやら感動しているらしい。

「ヴェゼルも～連れてくればよかったわ～」

マナカさんや、いくら昼間といえども、さすがに歓楽街に子供を連れてくるのは止《や》めようね？

マナカって、たとえ夜でも小人に会わせたいってだけでここにヴェゼルを連れてきそうなくらい、思い込んだらまっしぐらなんだよね。見た目はどこにでもいそうなオバチャンなのになあ。いろんな意味で、パーティいちの大物だと思うね！

……あれ？　今サラッと流したけど、大事なとこあったよ。

「この小人のこと、知ってるの？　マナカ」

「召喚士の間では～伝説の種族と～言われているの～」

伝説……小さすぎて見えないから？　確かに世界記録になれそうな小ささだもんねえ。

「言っておくが娘、小さいから伝説になったわけではないぞ」

はっ、ココロを読まれた！

「幻族は～そもそも数が少ないのだけど～小人タイプは～さらに少ないの～」

どうでもいいけど、マナカの話は無駄に時間がかかる。のんびりしすぎだよ。もう少しマトモに話せないものなのか。

そんなことを言ってみたら、マナカはあっけらかんと言った。

「くせだから～仕方ないわ～」

「ムリよ、リン。彼女はこれで、よんじゅ……ゴホン！　数十年過ごしてきたんだもの。今さらよ」

うっかり口を滑らせてマナカの歳をばらしそうになったアリスが、あわてて言い直す。

そうか～。まあ、よん……数十年もこれで通してきたならそりゃ、もう変えられないかな。

「そんなことより、幻族とは小人以外にもいるのか？」

フェイルクラウトの言葉に、話が脱線してた私たちははっとした。

「ふむ、おるぞ」

頷いたのは、当の幻族だという小人。

「だが、とりあえず皇子の紹介だという証拠を渡せ。でなければ、これ以上ムダな時間はとれん」

「あ、そうだよ。手紙、手紙」

私はごそごそと懐《ふところ》をあさり、手紙を取り出して渡そうとしたのだが。

「ん？　どうした」

「どうしよう」

手紙は普通の大きさである。相手が小さすぎて、どうすればいいのかわからない。ぶっちゃけ、このまま渡したら手紙に潰《つぶ》されるよね。

「おい、またも失礼なことを考えているだろう、娘」

え、だって気になるじゃないか。どう見たってこれ、渡せないだろう。大きさ的に明らかにムリがあるよ。

「……なんで皇子はこの大きさの手紙を持たせたのかな」

「ははははは、何言ってんだ。この小人の大きさに合わせたら、手紙は麦一粒みたいな大きさにな

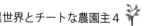

るじゃないか。そんな紙には一文字だって書けやしないさ」

腹を抱えて笑うラグナ少年。気持ちはわかるが、笑いすぎ。

「随分と失礼な小僧だの」

気分を害したらしい小人が腕を振ると、ラグナの姿がかき消える。

「うえ⁉　ラグナ？」

つい、変な声が出てしまった。

「き、消えたよ⁉」

「心配はいらん。気に障《さわ》るから少々移動させただけだ。あまりうるさいとお前も移動させるぞ、娘」

怖っ！　小さいくせにドスの効いた声。

「言い忘れてたけど～、幻族は～特殊なスキル持ちが多いわよ～」

もっと早く忠告して欲しかったわ！

「これ以上、くだらん話はいらん。それを渡せ」

私は言われた通り、小人に手紙を渡す。すると、手紙は小人が触れたとたん、ぐんぐん縮んで小人にちょうどいい大きさになった。おおお、これこそ魔法だ！　と、つい感動した私である。

……今さらとか言わないように。周りにムダなチートが多くて感動も薄れがちなのだよ。

「ふむ、皇子め、また面倒事を……」

「今狩れるグレアーは？」

手紙を読み終わる絶妙なタイミングで、フェイルクラウトが小人に声をかける。

「いることは、いる」

「……って、もしかしてさっきの……」

スレイとアリスがまたもや顔を青くして頷き合い、さささっと後退する。

「お、俺たちは外で待ってるから」

「そうそう、皆で行ってきて」

「一体何がいたの？」

気になるなあ。

「ううう、リンは大丈夫かもな」

「あーそうね。シオンは止《や》めておいたほうがいいわ。あとあと使いものにならなくなっても困るから」

「マナカは大丈夫だな。ラティスも」

「フェイルクラウトも止《や》めたほうがいいかもね」

口々に言うスレイとアリス。グリーはどうでもいいようだ。

なんなの、その分け方。

「止《や》めたほうがいいとか言われてもな」

困ったように苦笑するフェイルクラウト。仮にも勇者だ、私たちを行かせて自分が後ろで待機なんてあり得ないのだろう。

小人は気が進まない素振《そぶ》りながらも、狩れるグレアーのもとへ案内してくれると言うので、フェイルクラウト、私、グリー、ラティスの四人で中に入ることになったのだが。

「うえ、暗いなあ」

中は薄暗い。かろうじて前を行くフェイルクラウトの背中が見えるくらいだ。

実を言うと、私は暗いのはあまり好きではない。だってお化けとか出てきそうでしょ？　見たことはないけどさ。

ゴーストとかスケルトンとかグールはいいんだよ。気持ち悪いけど、魔物だしね。でも、お化けはパスですな。

つまり何が言いたいのかというと、こういう薄暗い所っていかにも「出そう」で嫌だねってこと。

私はグリーの横に並び、腕に絡みつく。

「は、母上？」

動転したような、少し上ずったグリーの声。

「ん？　ジャマ？」

まさか、グリーもお化けが怖いとか？　……はははは、まさかね！

「じゃ、ジャマだなんて、とんでもないです。腕の一本や二本や三本！　お好きになさってください」

グリーさんや、三本も腕はないよ。それに、ナゼそんなに動揺しているんだ。

まあ、いいと言うのだからいいのだろう。

それよりも。

私は暗やみに少し慣れると、目の前のフェイルクラウトの背中が固まっていることに気づいた。

「フェイ？　どうしたの」

余談だが、私は最近フェイルクラウトのことを愛称の「フェイ」と呼んでいる。いやまあ、そこまで仲がいいわけでもないけどね。長いし言いにくいのだよ、フェイルクラウトって。

「ねえ、ちょっと」

とんとんとん、と背中を叩くと、私の視界を塞《ふさ》いでいたフェイルクラウトが無言で横に避ける。

目の前が開けて、私にもそれが見えた。

キラリと光る三つの金の瞳。

薄暗やみの中でも見える、淡く光る七色の鱗《うろこ》。

とぐろを巻く長い身体は、決して狭くはない小屋の七割を占領している。そして、長く薄紅色の舌。胴回りは恐らく私の胴体の三倍はあるだろう。

「……ヘビ？」

それは間違いなく、ヘビであった。

7　歓楽街の魔物

「おいおい、入り口で固まってどうしたよ？」

私たちが……というより、主にフェイルクラウトが入り口付近で固まったまま前に進めないでいると、背後から中に入りきれなかったラティスが強引に覗《のぞ》き込んできた。

「んで、どんな魔物……って、ありゃあ七色ヘビじゃないか。なんだ、グレアーってアレのことか」

ラティスは魔物を見て引くどころか、ナゼか瞳を輝かせている。

「知ってるの？」

「ああ、俺たち冒険者の間では七色ヘビって呼ばれててな」

何のひねりもないネーミングだな。しかしなぜにそんなに嬉しそう？

「七色ヘビは通称だから、たぶんグレアーってのが正式名なんだろう。アレはロウス皇国北部にしか棲息していない、珍しい魔物なんだ」

「そうなの？」

「おうよ。んでもって数が少ない。しかも、めっぽう強い。何年も生きたものになると、下手すりゃSクラスだ」

マジですか。

「でも、そんなに強いのになんでそこまで嬉しそう？」

「採れる素材が極上だからな」

ラティスが嬉々《きき》として言うが、私は首をひねる。

グレアーから採れるのは、木材と種ではなかっただろうか。……というか、ヘビなのに木材と種が採れるとか意味がわからない。どゆこと？

「木材や種はもちろんだが、あの七色の鱗《うろこ》。アレを上手く加工すれば、極上の酒になる」

拳を握って力説するラティス。

「俺も一度しか飲んだことがないんだが、まさに絶品だな。あの味は忘れろったってムリだ。でもって、肴《さかな》には炙《あぶ》った七色ヘビの肉で……ありゃあ最強の組み合わせだったな」

じゅるりとヨダレを拭《ふ》きつつ語るラティス。まるで目の前にその料理があるかのよう。

欲望に曇った瞳は、すでにヘビの向こうにある幻の銘酒を見ているようだ。その視線の強さに一瞬ヘビが反応したのは、私の見間違いないではなかろう。食への欲求は魔物さえたじろがせるのだなあ。私はラティスの新たな一面を発見したね！

でも、そんなに美味《おい》しいならお肉だけでも食べてみたいなあ。ヘビって、鰻《うなぎ》みたいな感じかな？

「なんだと、七色ヘビの銘酒!?」

あ、固まっていたフェイルクラウトも復活。やはり食べ物の力は偉大だな。今回は主に酒だけど。

「うむ、期待しているところ悪いが、こいつからは酒はできん」

ハッキリキッパリ。なんですと、小人さんや。

「……なんだって？　悪いが今、空耳が。もう一度言ってくれないか」

「鱗《うろこ》は採れるが、酒はできん」

小人の言葉を聞いたラティスの落胆はすさまじかった。それはもう、地の底にめり込むんじゃないかと思うくらいにガッカリしていた。酒が、酒がと、ぶつぶつ呟いている。どんだけ酒好きなのさ。

って、フェイルクラウトが灰になってる!?

さすがの小人も、ラティスとフェイルクラウトのあまりの落胆ぶりに悪いと思ったのか、詳しく説明してくれる。

「ここのは野生のと違って、ヒトの欲望を糧《かて》にしとるからな。鱗《うろこ》も肉も不味《まず》くて食えたもんじゃない」

「あれ？　じゃあ野生のは何を食べてるの」

「野生種は、清浄な大気とそこに含まれる少量の魔王の気だ。この北の大地には魔王が封印されとるからの。封印されとっても魔力は漏れ出すから、それを糧《かて》にしとるんだ」

「へえ」

思わずちらりとグリーを見やり、確認してしまう。

「この辺に封印されてる魔王って強いの？」

「当たり前……」

「そこそこです。魔王としては普通」

小人の言葉をグリーが遮る。

しかし普通かあ。

「ねえねえ、魔王の気がたくさん吸収できるなら、美味《おい》しいヘビが育つ？」

すでに私には、目の前の凶悪なヘビが食材にしか見えない。

「む、そ、そうだの。まあ、飼育師の腕にもよるがの」

「小人さんは腕がいいよね」

「……この界隈《かいわい》では一番だと自負しておる。娘、何が言いたい」

「へへへ、うちに来ない？」

もちろん、スカウトですよ。だってうちにはムダに力があり余ってる魔王が一人と、さらに裏の森に封印中の魔王までいるんだよ？　美味《おい》しいヘビを育てるには最高の環境じゃない。スカウトしないなんてあり得ないでしょ。

「なあ、これは本当に来て欲しいと思ってるのかの？　なぜに無表情？」

もういいよ、このやり取り！　素晴らしい食材に巡り合った私の浮かれ気分に水を差さないでくれないか。返事はイエスか、イエスか、イエスかノーで。うん、基本的にはイエスでよろしく。

「彼女はこれが普通だ。これでもかなり熱心に誘っている」

「そ、そうか」

なぜちょっと引き気味。やっぱり表情筋を動かす練習をしようかしら。

「だが、娘、お前さんのところに魔王がおるのかの。野生と同じように飼育するには、野生で育つ場合の十倍近い魔王の気が必要だ。品質にこだわるなら、さらに多くだの」

だからこそ、ここでは多く吸収できる人の欲望を糧《かて》にさせている、と残念そうな小人さん。肉と鱗《うろこ》は使い物にならなくても採取できる木材の品質は変わらないので、飼育師になりたい輩《やから》は後を絶たないのだとか。

そんな小人さんに私は即答した。

「問題ない。魔王の気なんていくらでも吸収し放題」

「なんと」

小人、絶句。

しばらくすると、呆けていた小人はみるみる巨大化して、フェイルクラウトと同じくらいの大きさになった。大きくなってようやく顔や体格がハッキリしたが、ガテン系のおっちゃんだ。ちょっと格好いいかも。

「大きくなれたのね～」

「ずっとはムリだがの。まあ、相手の大きさに合わせるのも礼儀かと思っての」

「ん？」

「お誘いを受ける。ワシはもっと品質にこだわりたいからの。ワシの名前はヤーディアーという。これからよろしくの、娘」

「私はリンだよ。よろしく！」

「リンか。時に娘、お前さんはリオール皇子の婚約者かの」

小人の言葉になぜか鋭い視線を向けるグリー。怖っ！　視線だけでヒトが殺せそうな勢い……って、ああ！　ヘビが倒れた！　何してんのさ、グリーさんや。

しかし、なんで小人……いや、もう小人じゃないか、ヤーディアーもそんな勘違いしたんだろうな。あんな不運皇子、いくら金と身分と権力があっても願い下げだね。ないわ～。

「違う、婚約者じゃない」

「そうか」

なぜかそっとグリーから目を逸《そ》らし、滝のような汗を拭《ふ》いて小さく頷くヤーディアー。

それにしても、やりました！　ついに幻の銘酒とヘビ肉をゲットですよ。しかもこれで木材にも困らない！

むふふふふ、帰ったら農園に牧場を造ろっと。それに水田も。やることがたくさんだ。これから忙しくなるね！

期待に胸を膨らませる私の横で、立ち直ったフェイルクラウトとラティスがヤーディアーと今後のことを話し合っている。

反対側では、なぜか八つ当たり気味にグリーがヘビをずっと睨んでいて、とうとう一匹のヘビがお亡くなりに。なにこの子、怖いわー。

おかげで木材は難なく手に入ったけど。これを木工師の人に渡して加工してもらえば、臼《うす》と杵《きね》もゲットだ！

マナカに木材を見せると、王都に戻ったら早速知り合いの木工師を紹介してくれるとのこと。

あ、そういえば、ヤーディアーに一つ言い忘れたことが。

「あのねえ、うちには竜と妖精と魔王とドワーフと魔法人形が同居中だから、よろしく！」

「……なんなんだ、そのカオス。そこは本当に人間の国かの」

唖然《あぜん》として呟くヤーディアーであった。

8　小人の秘密？

とりあえず、ヤーディアーの勧誘に成功した私は、いったん大きくなったヤーディアーと一緒に外で待っていたアリスたちと合流し、宿へと帰った。

宿の一階のロビーのようなくつろぎスペースにいたのは、リオール皇子とヴェゼル、なぜか疲れた様子のラグナ。

リオール皇子、まだいたのね。皇子様って暇なのかなあ。

「おお、リン帰ったか」

宿に入ると、真っ先にリオールがこちらに気づいた。後ろ向きだったくせに、よくわかったな。後頭部に目があるのかしら。

「みなさん～お帰りなさい～。素材は～手に入りましたか～？」

母親と同じ話し方をするヴェゼルに、私はサムズアップした。

「よかった！　俺の手紙が役に立ったな！」

得意げに胸を張るリオールのもとにヤーディアーはすたすた歩いていくと、スパンとリオールの頭を叩く。……って、一応その人皇子様のハズなんだけど。

唖然《あぜん》としていた私たちをよそに、リオールの周囲の騎士たちがさっと動いてリオールを囲む。いやいや、ヤーディアーが近づく前に警戒しとこうよ。油断するにも程があるよね。

あとで聞いたところによると、全く殺気がなかったから、ということらしいが。

そもそも宿全体に守りの結界が張ってあるしねえ。もちろん、私だって気づいていたよ。皇子お付きの魔術師さんはいい仕事するよね。

「貴様、何者だ」

リオールがきっとヤーディアーを睨みつける。あら？

「リオール、ヤーディアーと知り合いなんじゃないの？」

手紙も書いてくれたし。

「もちろん、知り合いだとも。元々、皇族専属の教師をしていた方でな。ヤーディアー先生には三年間、様々なことを教わったぞ」

父も祖父も先生の教え子だと肩をすくめる。何歳なんだろう、このヒト。

「現皇帝陛下も、昔は優秀な方だったがの」

そう言って昔を懐かしむような目をするヤーディアーを、なぜか不審げにみるリオール。

「だから、あんたは誰だ」

「リオール、何言ってるの？　彼がヤーディアーでしょ」

「は？　先生は女性だぞ」

「へ？」

思わずヤーディアーを二度見したが、どう見ても女には思えないねえ。リオールは目が悪いのか。

「……今なんか変なこと考えただろ」

「気のせいだよ！」

ちゃんと力強く断言したのに、なぜかジト目で見てくるリオール。人を信じるって大事なことだと思うな！

「ワシら幻族には性別はない。リオール皇子には教えたはずだがの。ちなみに、決まったカタチもない。皇族専属教師をしていた頃は、ナイスバディの女性の姿をしておったがの」

「なんで今はその姿？」

私的には、ナイスバディなお姉さんでも良かったよ。あえて変える必要ないんじゃない？

「なんとなくだの。前の姿に飽きたのでな。気分転換かの」

なんとなくなんだ。気分転換で姿も性別も変えるとか、どうなんかね。

「ワシがヤーディアーだと信じられないなら、ワシとリオール皇子との秘密を暴露してもいいがの。あれは、そう。十年くらい前になるかの。当時七歳だった皇子は城の中庭で……」

「って待て待て待て！　信じる、信じるから！」

いきなり真っ青になってヤーディアーの口を塞《ふさ》ぐリオール。そういえば、私の友人のルイセリゼもリオールの秘密を知ってたな。この皇子、握られてはいけない人物にばっかり秘密を握られている気がする。他人事ながらこの国の未来が心配でならないよ。

「で、なんで先生がここに？　グレアーの素材を融通してもらうだけじゃなかったのか」

「ああうん、ついでにスカウトしてみた。勢いで」

「ちょっと待て、勢いでヒトの国の優秀な人材を引き抜くなよ」

「ごめん」

でもねえ、鰻《うなぎ》みたいな（あくまで想像だけど）ヘビ肉と幻の銘酒は、とてつもなく魅力的だったのだ。同居人が増えることも厭《いと》わないくらいに。美味《おい》しいヘビ肉できたら鰻丼《うなどん》モドキができるかもなんだよ？　そりゃ、スカウトするよね。

「なんだかわからんが、楽しそうだな、リン」

呆れた顔で言うリオール。

「むふふふふ、わかる？」

とうとう、この満面の笑みが！　表情筋がいい仕事してくれたのか。

「ああ、相変わらずの無表情だが、なんとなく」

……おかしいな。私の表情筋は一体いつ、仕事してくれるのかなあ？

「はあ。で……これでお前の目的は全部果たせたのか？」

何を言ってるんだ、この不運皇子は。あるかもしれないお米ともち米を求めて来たのだから、それを手に入れるまでは帰れない。

「抜かりはないよ？　ちゃんと夕方に農家の人を紹介してもらえるよう、イタチョーに頼んであるんだ」

今日中にお米ともち米の苗を手に入れて、もう一晩温泉とイタチョーの和食を堪能したら農園に帰る予定。

「いやいや、そうじゃないだろ。迷宮で見つかった餅とやらの調査がどうとか言ってなかったか？」

「そういうのは、ミネアやフェイがするから」

「……そういうもんか？」

イタチョーと明け方まで話していた時、「吹き抜ける風」がここにいる理由を軽くリオールに話したのだが、それを気にかけていたようだ。

まあでも、今の私には迷宮のお餅より農園が大事だからね。

納得したらしい（？）リオールは、何やら考え込んでから口を開いた。

「リンはまたここに来たいと思うか？」

「もちろん、魅惑の温泉があるからね」

即答した私に、リオールは少し赤い顔でずいっと何かを渡してきた。

「何これ」

「転移石だ。この宿の一室が記憶されている。俺はもう帰らないといけないが、これさえあればいつでもリンはここに来られる」

ぶっきらぼうに言い放つリオール。赤面症なのかな。段々顔の赤みが増してくるような。

せっかくなので、くれるって言う物は貰うけど。これで温泉入り放題だ！　と思ったが、甘かった。

「三つ……」

「おい、なんで不満そうなんだ。知らないだろうから言っておくが、転移石を作るのは大変なんだぞ。三つあるだけでも、ありがたいと思え」

「もちろんだよ。ありがとう、リオール」

お礼を言ったら、なぜかリオールが倒れた。おや？

「ここでその笑顔!?」

アリスが鼻を押さえながら喚《わめ》く。もしかして鼻血出てます？

「……小悪魔、萌《も》え」

何が言いたい、シオン。

「やるなあ、リン」

「グッジョブ」

ラティスとスレイがいい笑顔でサムズアップしている。

「天然か」

いつ帰ってきたのか、ミネアまで感心したように私を見てくる。

そしてなぜかリオールに対抗心を燃やしている少年が一人。

「くう、たとえ相手が皇子だろうと俺は負けない！」

ラグナ少年である。なんだかわからないが、アツい少年だ。さすが脳筋。

グリーは倒れたリオールを睨んでいるし。マナカとヴェゼルは面白そうに少し離れたところから見ている。

うん、中心にいるはずなのに私にはわけがわからない。

大体、なんでリオール倒れたのかな。顔も赤かったし、病気？

でも、お付きの人たちは生温《なまぬる》く笑みを浮かべて抱き起こしているだけで、慌てた様子はない。

首をひねっていたら、リンは鈍感だから、と皆に笑われてしまった。

失礼だな！

9　お米の苗を手に入れよう

夕方。私は仕事を早めに上がってくれたイタチョーと一緒に、お米の苗を貰いに行くことになった。

お米はイタチョーが初めにやって来たリセリッタ村で、少量だが生産されている。

イタチョーが来る前は大して消費もなく、一軒の農家が趣味で細々と作っているだけだった。しかし、イタチョーが米料理（主に丼物）を披露した途端、米作りに励む人々が増えたという。イタチョーのおかげで米の売れ行きも順調で、一時に比べると裕福な村人も増え、人口も増加しつつあるのだとか。

「で、なんで皆ついてきたの？」

リオール皇子は「もう一日くらいは……」とかお付きの人に抵抗していたが、ついに問答無用で引きずっていかれた。うん、仕事しなよ。そもそもなんでここに来たのかな。

しかし、残りの皆は私の後をついてきている。フェイルクラウト、ラティス、スレイ、アリス、マナカ、シオン、ヴェゼル、ラグナ、ミネア、グリーと勢揃いだ。

ちなみにヤーディアーは、歓楽街に戻って引っ越しの準備をしている。

……いや、苗を貰いに行くだけよ？　何も面白いことはないと思うな！

「あら、リンはトラブルメーカーだもの」

何があるかわからないわ、と生温《なまぬる》く笑いながらアリスが言う。ってアリスさんや、さらっと不吉なことを言わないでくれるかな。

だが、アリスの言葉を否定してくれる人がいないのはなぜなんだ。

「ホントにトラブル起きる気がするから、そういうこと言わないでくれる？」

誰もフォローしてくれないので、仕方なく自分でアリスに言っておく。ほら、言霊《ことだま》ってあるじゃない。

「はははは、愛されてるなあ」

清々しい笑顔で私の肩を叩いてくるイタチョー。そうかなあ？

道中、くだらない話をしながら私たちは歩いていたのだが、突然何もない荒野でイタチョーが立ち止まる。

「なになに？」

「ない」

「は？」

いきなり立ち止まったイタチョーにぶつかってしまった私は、涙目でイタチョーを見上げて問いかけたのだが、返ってきた答えは非常にシンプルだった。

というか、シンプルすぎてさっぱりわからない。

「ないんだ」

「だから、何が」

なんとなくイヤな予感がする。

「村」

「村ってリセリッタ？」

今回の目的地。それがない？

改めて辺りを見回してみるが、ただの荒野が広がっているだけ。

イタチョー、場所を間違えてるんじゃなかろうか。東に行くところを西に来てしまったとか。

そんな失礼なことを考えていた私の横で、イタチョーが地図を広げて方位磁石のようなものを取り出す。

「むう、やはり場所は合っているな」

万が一にでも、イタチョーが道に迷わないようにとリオールが渡した魔道具のセットらしい。それによると、村があるのは確かにこの場所で間違いないとか。

では、なぜ村がないのか。見渡す限り荒野で、ここ最近特産品として村総出で作っていたという水田すら影も形もない。

「え、ってことはもしかして苗が手に入らないってこと？」

私の言葉にイタチョーがあっさり頷いた。

「それだけの問題でもない気がするが、そうだな」

何があって村がどこに行ったのか。とにかく超特急で問題を解決しなくてはいけない。私は忙しいのです。

「あら、やっぱり一筋縄ではいかなかったわね」

アリスに肩を竦《すく》められてしまったが、ちょっと待て。言っておくが、村が消えたのは私のせいではないから。なんか、アリスたちの視線は非常に理不尽だと思うよ。

しかし、村ごと消えるとかどんなホラーだ。異世界怖い。

見れば、イタチョーの顔色も悪い。そりゃそうだわね。

そろそろ日も暮れてきたし、さてどうしようかと思っていると、フェイルクラウトが空を見上げて呟いた。

「これは浮遊城か」

……何ですか、そのファンタジーな名称は。昔、私も映画を見て夢見た時代があったなあ。

「ふむ、かなり影響を受けたと見える」

グリーも当たり前のようにフェイルクラウトに同意している。

それって異世界では常識なの？　そう思ってアリスを見ると、青い顔をして首を振られた。

「え、私も聞いたことないわよ。大体一つの村が丸ごと消えるとかあり得ないでしょ」

「浮遊城とやらも初めて聞いたぞ」

ラティスもさっぱりわからないと首をひねる。

あ、やっぱり異世界でもそうなのね。他の面々もアリスとラティスの言葉に頷いた。

だが、ミネアだけは何かを思い出すように視線を宙に向ける。

「私は聞いたことがあるぞ」

「村が消えた話？」

「それもだが、浮遊城の話だ」

「浮遊城か。でもさ、お城なんて浮かせるだけで大変じゃない？」

そう言えばゲームのときもあったな、あれは浮遊島だったけど。

課金ガチャアイテムに浮き島っていうのがあって、それを入手すると島に乗って移動したり、ギルドホームを建てられたりと色々できたみたい。

私も欲しかったけど、期間限定ガチャだったし、ガチャ運なくて当てられなかったんだよね。どれだけ課金したことか！　今思い出しても腹が立つわ！

いや、今はそんなのどうでもいいけどね。

結局、その浮遊城がどう関係あるんだろう。

「浮遊城は遥か昔にやって来た『来訪者』の遺産だと言われている。正確なところはわからないけどな」

あくまで単なる伝承にすぎない、と前置きしてフェイルクラウトが話しだした。

「遥か昔の『来訪者』は、近年現れる『来訪者』よりも特殊な力のある者が多かったらしい。それこそ、英雄とか言われるような存在だ」

その頃の「来訪者」は次元の回廊を造った者や、グリーたち魔王を片《かた》っ端《ぱし》から封印しまくった者、中には鉱石種を一度に十個単位で育成できた者などがいたらしい。

だが、グリーが封印された千年くらい前から、だんだんと力ある「来訪者」が少なくなってきた。

今ではイタチョーみたいな専門スキル特化型が普通で、私のように色々な能力が高い者は珍しいそうだ。といっても、イタチョーだってこの世界の人々から見れば高すぎる能力を保有しているのだが。

とにかく、浮遊城もそんな「来訪者」の一人が造ったと言われているらしい。

「なにぶん、千年以上昔のことだからな、伝承にも曖昧《あいまい》な部分が多いのだが」

フェイルクラウトが知っているのは、浮遊城がごく稀《まれ》にロウス皇国の上空に現れること。それと、その際に何かが消えることくらいだという。

「何が消えるのかはわからない。だからこそ徒《いたず》らに人心を乱すことのないよう、五百年前のロウス皇国建国者である初代皇帝オルフェーヴルは、浮遊城に関する民間伝承を後世に伝えることはまかりならんと、お触れを出したそうだ」

それもあって、あまり詳しい話が現代に伝わっていないのだと言うフェイルクラウトに、ミネアが補足する。

「我らエルフには、もう少し詳しい話が伝わっているぞ」

「そうなの？　人より寿命が長いから？」

「それもあるが、エルフの集落が一つ、このリセリッタ村のようにある日突然消えてしまったことがあってな」

「消えた？」

「ああ。だが、一月《ひとつき》後には、まるで何事もなかったかのように元に戻っていた」

「……なんだって？」

ミネアの言葉に反応したのは、フェイルクラウトだ。

「一度消えたものが戻ってきたなんて、聞いたことないぞ」

「それはそうだろう。戻ってきたのはそのエルフの集落だけらしいからな。人はエルフの集落には詳しくないし、エルフにしたって一月《ひとつき》程度の出来事では気づかないことのほうが多い」

「そっか、同じエルフでも、その集落と頻繁に交流がなくちゃ気づかないよね」

一年や二年ではないのだ。わずか一月《ひとつき》。地球とは違って、頻繁に他集落と往き来するわけでも電話やテレビがあるわけでもない。気づかなくたって不思議ではないかもしれない。

しかしなんだかテレビでよく見た「宇宙人襲来！」とかいう番組思い出すなあ。どうでもいいけど。そんなくだらないことを考えて横を見ると、イタチョーの口が「宇宙人に攫《さら》われた!?」とかモゴモゴ動いていた。やっぱり連想しちゃうよね。

だがしかし、ミネアの話が本当ならば。

「だったら、リセリッタ村も一月《ひとつき》くらいで元に戻るってわけ？」

「いや」

なぜか目を逸《そ》らし、言葉を濁《にご》すミネア。

「そうとも限らない。それに見た目は変わっていなかったが、集落の内部は無事とは言いがたくてな……」

そう言って、ミネアは消えた村のことを話し始めたのだった。

10　消えた村

それは、誰も気づかないうちに起こり、誰も気づかないうちに解決したのだという。

だが、浮遊城は村のエルフたちに深い爪痕《つめあと》を残した。

「エルフの集落は元来閉鎖的なところが多い。特にその時に消えたサラサーレの集落は、決して他種族を受け入れなかった。ハーフエルフさえ排除だ。それどころか行商人すら契約した時期以外は訪れることもない」

そのあたりは徹底していたという。だからこそ、村ごと消えても、ほとんど気づかれることはなかったのだ。

「村が消えたことに気づかなかったのなら、なんで浮遊城に攫《さら》われたってわかったの？」

「簡単だ。戻って来た村人が言いふらしたのさ。それにまあ、いくら閉鎖的と言ってもエルフの中でも何人かは村と交流があってな。その者たちも村が消えたことには気づいていた」

「……そっかあ。でもなんで村人は言いふらしたの？　閉鎖的な村なんでしょ。だったら村人が外に出ることも少ないんじゃない？」

「つまりだな、消える前はひどく閉鎖的だったが、一月《ひとつき》後に戻ってきてからやたらと愛想がよくなったんだ」

他集落のエルフに加え、居場所をなくしたハーフエルフや他種族まで受け入れるようになったらしい。

「それっていいことだよね」

行き場のない人たちに定住できる場所を与える。限界集落だったところに、人が増えて持ち直す。集落に来る者、受け入れる者のどちらにとってもメリットがある。

なのに、どうしてだろうか。良いことのはずなのにイヤな感じがする。

私がそう言うと、ミネアも頷いた。

「そうだな。限界だった集落は倍くらいに人口が増え、一応持ち直したように見えた。あそこまで人口が少なくなれば、エルフでなくとも受け入れざるを得ないと、他集落のエルフも納得したらしい。急な変化だったが、村人たちは浮遊城に攫《さら》われて世界を見る目が変わったと説明していたのだ」

どんなふうに変わったのかと、気にする者も多かった。当然だ。

それでも確かめる者がいなかったのは、それが怖かったからではないか。

誰も口には出さずとも、なんとなくイヤな予感があったのだろう、とミネアはため息をつく。

「愚かなことだ。私なら間違いなく聞いたな。あまりにも変化が突然で、しかも今までの彼らとは正反対の行動なんだぞ。おかしいにも程があるだろう。しかも農地などは一切なくなっていたのだぞ？　果樹やハーブもない。それどころか、村内には雑草一つ生えていなかったらしい」

いや、それは変すぎるでしょう。

「おかしだろう？　だが村人たちは、すべては浮遊城のおかげだと、そこから特別な食料を貰って村の倉庫に保管しているのだと言っていた。だからもう農業をする必要はない、と。どういうことかと尋ねてみても、村人は誰もが口をつぐんで、詳しいことは聞けなかったらしい。そして村人に誘われて定住する者はどんどん増えていった」

そのまま何事もなく過ごせれば、それでよかったのだろう。疑問は残るものの、それでも皆が幸せならば特に問題にはならなかったに違いない。

だが、とミネアの顔が曇る。予感は的中した。

「一年後にはまた、村は姿を消した」

「どういうことだ」

フェイルクラウトの表情も険《けわ》しくなる。

「それは～新しく集落に～仲間入りした～ヒトもですか～」

ヴェゼルがマナカの背中に隠れながら小さな声で尋ねる。どうやら彼はミネアが苦手らしい。別に取って食いやしないと思うけどな。

「そうだ」

子供好きらしい――と言っても、変な意味はない――ミネアは、若干気落ちしている。重ねて言うが、変な意味ではない。たぶん。

「今のこの状態と同じだ。まるで端《はな》からそこには存在しなかったかのように」

確かに村はあったはずなのに、あまりに痕跡がなさすぎて、村があったという確信が持てない。そんな状態だったのだという。

まさに宇宙人襲来!?　みたいな。うーん、ちょっとドキドキしてきたよ？　まさか異世界に来て、こんな話を聞くことになろうとは。

というか、異世界にも宇宙人なんているのかな？　思わず空を見上げてしまう。

ちらっと横を見てみたら、イタチョーも同じく空を見上げていた。

目が合うと、照れたように笑うイタチョー。その手の番組は録画をして必ず見ていたらしい。うん、わかります。

「その後、どうなったの？」

ともあれ、続きが気になって仕方がない私はごくりと唾を呑み込んで、続きを促す。

しかし、ミネアは首をひねっていた。

「さあ？」

「……さあって」

「村が見つかったという話は聞かないな。ただ、その後、どこかで村人に出会った者は必ず行方不明になるという話だ」

「……それって、もしかして昔話？」

「ああ、エルフに伝わる昔話だ。集落の外を遊び回って、なかなか帰ろうとしない子供を脅すときによく使うな」

つまりそれは私が親に散々「悪い子はお化けに食べられてしまうぞ」と脅されていたのと似た話なわけですね。なんてこった。

「だが、話自体は実話を元にしている」

確かに昔話ではあるが、少なくとも今回の件に浮遊城が絡んでいる、という確信は持てた。そりゃそうだ。こんな珍妙な現象がそうそうあるとは思えないし。

話はわかったが、特に何の解決策も思い浮かばない。だんだん日も暮れてくるし、どうしようかと頭を悩ませていると。

「エルフとは愚かな」

グリーが吐き捨てるように言った。

「グリー？」

「浮遊城とは先ほどそこの勇者も言っていたように、かつて存在した『来訪者』が製作したものです。消えた村は取り込まれたのでしょう。帰って来た村人は恐らく死人です。私はその『来訪者』に会ったことはありませんが、精霊ニナリウィアか魔王スラヴィレートなら知っているかと」

「そうなの？」

というか、グリーは浮遊城のこと知ってるんだ。ジト目で見れば、決まり悪そうに目を逸《そ》らした。

ちょっとふてくされた顔がなんとも可愛らしい。私だってそう思う。

だがしかし、鼻血を出してうずくまるのはどうかと思うんだな、ラティス、スレイ。あと、変な顔でニヤニヤするのもやめたほうがいいと思うよ、シオン。

とまあ、変態たちは放っておくとして、なんで黙ってたんだろうね、グリーさんや。

「いやその、そこの勇者やエルフが話をしておりましたし」

私の視線を受けて、もごもごと答えるグリー。そんな殊勝には見えないよ？　どっちかというと途中で割って入って話をしそうな気がするけどね。

私が疑いの目を向けると、なぜか今度はキッと私を強く見据えて言い放った。

「私を頼って欲しかったのですよ、母上」

なんか意味わからんことを胸張って言われた。どうしようか。

「私は頼りになりますでしょう？　ヒトなどよりもずっと強いですし、物をよく知っております」

「うん、そうだね」

仮にも魔王だからね。それがどうしたのかな。

「ですから母上、ヒトに心など動かされてはなりませんよ？　最近、母上の周りには邪魔な虫が多すぎてなりません。母上は私のモノですのに」

え、どうしてため息をつかれた？　あと私はモノじゃないんですが。

それに、この世界は、ぶっちゃけ元の世界ほど虫はいないと思うよ。魔物がいるせいかな？

そう言うと、なぜか綺麗な満面の笑みで頷かれた。

「あれほどあからさまなのに、全く気づいていないとは。それでこそ母上です」

「リン、リン」

だから何が。なんだか釈然としないな。

「ん？」

「魔王サマは拗《す》ねてたのよ。つまり、もっとリンに頼って欲しいってこと。可愛いじゃない？」

笑いながら、アリスが私の肩を叩いてくる。見れば、その隣でミネアもマナカも肩を震わせて笑っていた。ヴェゼルに至っては自分のほうが小さいくせに、まるで小さな弟を見守るような温かい眼差《まなざ》しをグリーに向けている。

「……そうなの？」

「そういうことです、母上」

そこ、あっさり肯定するんだ。しかも得意げに頷く魔王様。それでいいのか。

「そうか、ごめんね」

拗《す》ねてたのね。なかなか扱いが難しいな、魔王様は。

ともあれ、浮遊城の話はどうなったんだろう。

いや、肝心なのは浮遊城の話ではなく、結局のところ村は元に戻るのかってことなんだけど。

……あれ？　建物や人が浮遊城に攫《さら》われて消えたのは、理由はともかく現象としては理解できるけど、畑や水田、それに道とかの人工物が一切ないのはなんでだろう。ミネアの昔話でも、戻ってきた村には緑は一切なかったようだし。どういうこと？

そんな私の疑問に張り切って答えてくれたのは、もちろんグリーだ。瞳が輝いている。ごめんよ、そこまで頼って欲しかったんだね、グリー。

「まず、根本的な認識が間違っています、母上」

「？」

「浮遊城は空を飛んでいるわけではありません」

「浮遊城なのに？」

そういえば、浮遊城の話が出た時フェイルクラウトは空を見ていたけど、グリーは別にそんなことしていなかったかもしれない。

「そうです。私も詳しくは知りませんが、あれはこことは違う次元を浮遊しているのです。精霊が存在する次元を。ですから浮遊城のことは、私よりも精霊ニナリウィアか魔王スラヴィレートが詳しいと申し上げました。浮遊城がこちら側に現れ、元の次元に戻る瞬間に、その場にあるものが消えるのですよ。ですから攫《さら》われたというのも正しくはなく、どちらかというと影響を受けた、といえるでしょう。過去には迷宮が一つ丸ごと消えたこともあるのだとか」

以前に迷宮は突然消える場合があると聞いたことがあるが、そのいくつかは浮遊城のせいらしい。もちろんそれがすべてではないので、謎が一つ解明されても全然すっきりはしない。

浮遊城がこちら側に現れるのは、ほんの数十秒程度なのだという。その時に消えるものの規模はまちまちで、今回のように村ごと消えることもあれば、小動物一匹だけ、ということもあるそうだ。

ちなみに浮遊城は別にロウス皇国限定で現れるというわけではなく、人が認識できるのがこの国に存在している間に限定されているというだけで、他の場所にも移動するらしい。

「ロウス皇国は精霊の影響を強く受けていますからね。そのため浮遊城を認識できるのでしょう」

「あ、そういう問題なんだ。それで、影響を受けたものはどうなるの」

「よくわかりません」

あっさり言って、肩をすくめる。

「申し上げましたでしょう？　私はそこまで浮遊城のことに詳しくないのですよ。ですから、とりあえず精霊ニナリウィアに聞くことをお勧めします」

「そっか。まあ、魔王スラヴィレートに聞くわけにはいかないしねえ」

いくら家の裏の森に封印されているとはいえ、ただでさえ封印が緩んでいるところを刺激したくはない。これ以上人外に関わってどうする、自分！

「でも暗くなってきたねえ」

ここにいても仕方がないので、ひとまず私たちは宿に帰ることにした。

元来た道を歩き、街にたどり着く。

「俺は家に帰るわ。何かあったら教えてくれ」

イタチョーは、話がさっぱり理解できない、と苦笑して家に帰っていった。

私たちは宿屋の一番広い部屋を借りて、さっそくニナを召喚することにしたのだった。

11　黒い精霊と浮遊城

「出てきて、ニナリウィア」

召喚石を使ってニナを呼び出す。彼女は前の主人を失った悲しみから狂気にとらわれていたものの、今は私と契約することで一応の落ち着きを取り戻している。機嫌を損ねると、目の色が変わって怪しげなオーラとか出してしまうが。

現れたニナは、相変わらず黒かった。そしてなぜか眠そうだ。

「あら、久しぶりね？」

覚えてたのね、となぜか皮肉を言われてしまった。確かに最近全然召喚してなかったしね。

「そうそう、久しぶり」

悪びれることなくシュタッと右手を上げると、ニナは少し目を見張ってくすくすと笑う。

「ふふふ、相変わらず可愛いこと。いいわ、用件を聞きましょうか」

さっさと機嫌を直したニナに、私たちはこれまでの出来事を話した。

「浮遊城、ね。また懐かしい名前が出てきたわね。確かにその昔話にあるエルフの集落の住人は死人でしょう。一度精霊の次元に触れたものは、精霊以外は基本的に生きていられないのだから」

「そうなの？　だったらもうリセリッタ村は助からないのかな」

見知らぬ村のこととはいえ、さすがに心が痛む。

「いえ、一度『収納』されるはずだから、時間があまり経ってなければあるいは……」

ぶつぶつ言いながら宙を睨むニナリウィア。何やら黒い気配が漏れ出ていますよ。抑えて抑えて。

「問題は消えてからどれくらい経ったか、ということね。わかるかしら？」

「えっと、確かイタチョーが一週間前に行った時は普通にあったって言ってたよ」

「一週間？　それなら大丈夫かしら」

可愛らしく小首を傾げて呟く。

「助かるの？」

「ええ、貴女《あなた》が力を貸してくれればね」

「うーん、難しいことじゃなかったら」

そりゃできる限り力は貸したいけどね。それでも一応、無茶ぶりされないように釘を刺しておく。

私にだって、できることとできないことがあるのだ。

「簡単なことよ。魔王スラヴィレートを起こしてくれればいいの」

……今なんか空耳が聞こえましたよ。

「そんなこと許可できるわけないだろう!!」

耳を疑っている私の後ろから、フェイルクラウトが反対だと声を上げる。うん、なんか空耳じゃなかったみたい。

「なぜかしら？」

めちゃくちゃ可愛らしい笑顔のニナだけど、なんだか怖いわ。黒さが増しているうえに、さりげなく瞳の色が変化し始めている。ストップ、ストップ。

「もう一度だけ問うわ。なぜダメなのか答えてもらえるかしら」

フェイルクラウトは正面からニナに見据えられて、顔色を青くして口をパクパクしている。

勇者すら金縛ってしまうとか、最強の目力だねえ……なんて言ってる場合じゃない。そろそろフェイルクラウトの顔色が青を通り越して白くなってきた。

「待って待って待って、ニナ、ちょっと力を緩めてあげてよ。これじゃ答えるどころか、フェイルクラウトが死んでしまうよ」

「あら？　勇者とかいうわりには随分と脆《もろ》いのね。人間ってこれだからつまらないわ」

本当に退屈そうに、興味がなくなったと言わんばかりにふいっと視線を逸《そ》らす。

フェイルクラウトは糸の切れた人形のようにがっくりと倒れこむと、アリスとミネアに身体を支えられていた。おおう、お疲れ。うちの召喚精霊が迷惑かけるねえ。

「いいわ。人間の言うことなんて、いちいち気にしてたらキリがないもの。今回は許してあげる」

上から目線で言い放つと、私に視線を向けるニナ。あ、瞳の色が戻ってる。良かった。

「とにかく、貴女《あなた》にはスラヴィを起こして欲しいの」

「ええと、一応理由を教えてくれる？」

「そうね。わかりやすく言うと浮遊城はスラヴィのものだから、かしら」

さらっと言われたけど、今何気なく爆弾発言が落とされたよね？　周りを見ると、例外なく全員の目が点になっている。

「あれって『来訪者』が造ったんじゃないの？　スラヴィレートの個人所有？」

「『来訪者』が造った、という認識は間違いではないわ。あれは大昔、まだ魔王になる前のただの精霊だった頃のスラヴィに惚れた『来訪者』が、彼女のために造ったものなのよ」

「はあ」

「当時、精霊界は未曽有《みぞう》の危機にさらされていたわ」

昔を思い出し、懐かしそうに話し始めるニナ。

「もう一人の『来訪者』によって、滅ぼされかけていたの」

「？　でも、精霊界って精霊以外の生き物は生きられないんでしょ」

「基本的に、と言ったでしょう。その『来訪者』――精霊の間で『悪夢』と呼ばれていた彼は、変わったスキル持ちだったの。といっても、私はあの頃は主様のお側《そば》にいつもいたから詳しいことは後から知ったのだけれど」

力あるものは捕らえられ、あるいは滅ぼされ、まさに精霊界存続の危機という事態だったらしい。

そんなとき、浮遊城を造った『来訪者』はスラヴィレートに出会ったそうだ。

「その『来訪者』は本当に偶然、精霊界から命からがら逃げだしたスラヴィレートと人間界で出会ったの。そして彼女に一目惚れをしたんですって」

ロマンチックよね、とうっとりするニナ。

「そして話を聞いた彼は、彼女のために精霊界を滅ぼそうとしていた『悪夢』と戦い、かろうじて勝利を勝ち得たの。けれど、彼の命もまたその戦いの傷跡のせいで長くはもたなかった。彼はそのことを自分でよくわかっていたのね。今後、二度と同じようなことが起こらないよう、彼女のために平穏な精霊界を残そうと、彼は尽きかけた命を削って浮遊城を造ったの」

浮遊城には精霊界への侵入者の排除機能、精霊界を安定させるための【調律】という機能など、様々な仕組みが備えられているらしい。

「でね？　浮遊城は基本的には精霊界を漂っているんだけど、長い時が経ったせいか【調律】がたまに誤作動を起こして、こっちの世界に現れてしまうことがあるの。こちら側で現出するのはほんの数十秒から数分程度で、すぐに城は精霊界に戻るわ。城の影響を受けて物や生き物が消えるというのは、その戻る時に一緒に取り込まれてしまうからなの」

とはいえ、精霊界からしてみれば取り込まれたものは「異物」なので、そのまま精霊界に入れるわけにはいかない。その「異物」は城の機能により結界内で一定期間保管され、有害なものかどうかチェックされるらしい。大抵のものは無害として精霊界にそのまま入り、魂を持たないものであれば存在をゆがめられ、生き物であれば死んでしまい、その空の器に下級の精霊が入り込む。そして一度精霊界に送られると、滅多にこちらに戻ってくることはないそうだ。

「その昔話にあるエルフの村がこちら側に戻ってきた、というのは、おそらく中に入り込んだ精霊の仕業《しわざ》でしょうね。何かしら事情でもあって、ヒトの姿を必要としていたのでしょう」

興味ないけれどね、とニナは肩をすくめて言った。

「とにかく、肝心なのはその村が無事かどうかってことなんでしょう？　浮遊城の詳しい仕組みなんてどうでもいいんじゃないかしら」

ニナに言われてハッとする。そういえばそうだ。浮遊城のことはぶっちゃけどうでもいい。

「確かに」

深く頷く私に、それでいいのかという周りの視線が突き刺さる。だが気にしない！　それでいいのよ？

「で、つまりは魔王スラヴィレートを起こせば浮遊城をどうにかできて、リセリッタ村が助かるってこと？」

「だから最初からそう言ってるじゃない」

……そうでした。でも、これ以上魔王とか関わりたくないんだよなあ。

消極的な私に、ニナは可愛らしく首を傾げる。

「あら、でもスラヴィの力を借りればあの子、起こせるんじゃないかしら」

「？」

「ほら、貴女《あなた》がアリヴェリブの実を使って起こそうとしているヒトの子よ」

ニナの言葉に、ポン、と手を打つ。ああ、フェリクスの婚約者の。

私がお世話になっている商人フェリクス・ライセリュートの婚約者クリナリーア――通称『月姫』は、何者かの陰謀で魔物に取り憑かれて以来、眠り続けている。

魔物は運良く追い払えたらしいんだけど、いまだに目を覚まさず、彼女を起こすにはアリヴェリブの実を加工したものが必要だとのことだったので、ただ今うちで加工中。あれって時間がかかるのよねえ。

フェリクスによれば、月姫は夢関連のレアスキル持ちで、それを悪者に狙われたんじゃないかという話だった。犯人は、魔王「夢見鳥」をはじめとした魔王たちを復活させようと目論《もくろ》んでいる、魔王崇拝組織『ミスティリスク』じゃないかってことだったけど……

「スラヴィは夢を司《つかさど》る精霊でもあるもの。いくらか条件はあるにせよ、起こすことはできるんじゃないかしら？　もっとも、彼女が手を貸してくれればの話だけど」

スラヴィは気分屋だから確約はしかねる、とニナは言うが、朗報には違いない。

アリヴェリブの実って、手を加えなきゃいけない時期の間隔が微妙に空いているせいで、つい忘れそうになるんだよねえ。早く起きてくれるなら、それに越したことはないよ、ほんと。フェリクスだって首を長くして待っているしね。

実は一月《ひとつき》ほど前に、ライセリュート家の別荘で匿《かくま》っていた月姫を我が家に移動させたんだけどさ、フェリクスが農園に来るたびに様子を聞いてきてうざい……いや、えーと、足しげく婚約者のもとに通うフェリクスは鬱陶《うっとう》し……ごにょごにょ。

それはともかくとして、リセリッタ村を助けたければ浮遊城の主《あるじ》として登録されているスラヴィレートに頼るしかないだろう、というのがニナの言い分だった。

それはわかる。だがしかし、あえて寝た子を起こさなくてもいいと思うのは私だけだろうか。

……なぜそんなかわいそうな子を見るみたいな目で私を見るのかね、アリスさんや。

そして、どうして呆れつつも、諦めたような目をしているのかね、みんな。

言っておくが、私だって好きで人外と関わりまくっているわけではないのだよ？

とにかく、私としてもここまで来た以上、お米を諦めてなるものか……ごほん、消えた村人たちの安全が第一だよ？　もちろんわかっているとも。

だから、ジト目で見るのはやめてくれないか、スレイさん。

フェイルクラウトも、なぜ疑惑に満ちた眼差《まなざ》しを向けるのか。いやいや、わざとらしく深くため息をつくのもヤメてください。人命優先だよね。わかってるって。

「まあ仕方ないよね。明日イタチョーにある程度事情を話して、いったん農園に戻ろうか」

ここは腹をくくるしかあるまい。いざとなったらモフモフグリー爆弾だ。ふははは。

グリーをただのモフモフ要員だと思ったら大間違いなのだ。可愛いだけの給仕でもないぞ？

ひとまず、私の言葉に、それぞれ顔を見合わせて頷いたのだった。

12　魔王スラヴィレート

唐突ではあるが、私の家の裏の森には、最強クラスの魔王がいる。

何の冗談かと思うだろう。そりゃ私だって家の裏に魔王が封印されているとか冗談じゃない、とは思うが、実際そこにいるのだからしょうがない。

家……というか、土地を買ったときには気づかなかったんだから仕方ないよね。前の持ち主であるフェリクスも知らなかったみたいだし。それどころか、国一番の実力者で勇者であるフェイルクラウトも、次期国王のストル王子も初耳だったらしいし。

封印された魔王を放っておいても何の問題もなかったから、このまま関わらないでいたかったのに、なかなかそうはいかないよう。

またもや温泉でまったりした次の日、転移門であっという間に帰って来た私たち。

ヤーディアーも一緒に連れてくる予定であったが、準備が整っていないので仕方なく諦めた。後日また迎えに行くことになっている。

どっちにしても、メーティル地方にはもう一度行かなければならない。リセリッタ村のために行動してるわけだし。これで手遅れとかだったら泣くわ。号泣モノだ。

「でも、本当にスラヴィレートを起こすの？　やっぱりやめにしない？」

ついつい私は裏の森の入り口のあたりで、ニナに確認してしまった。

「もう、これで何度目かしら？　ちょっとしつこいわよ」

そうは言われても、相手は魔王だからね！　しかもグリーよりも強いんだよ。普通にイヤでしょ。村一つ救おうとして魔王の封印を解いたら世界が滅びたとか、笑えないわあ。魔王崇拝組織の高笑いが聞こえてきそうだよ。

とまあ、冗談はこれくらいにして。

私はちらりと背後を振り返る。そこにはおなじみ、温泉からそのままついてきた人々。

「たぶんそこまで危険はないだろ」とか言って、野次馬《やじうま》根性丸出しでついてきたのは「吹き抜ける風」のメンバー。当然マナカの息子ヴェゼルもいる。

「いざというときは～スキル玉ありますから～」

そう言ってスキル玉を見せてくれたヴェゼル。

……だがちょっと待て。そのスキル玉、ヴェゼルお手製の「ランダム転移」とかいうやつだよね？　転移した先が迷宮の奥地とかだったら本当に笑えないんだけど。

私の疑問に、やはり笑顔のまま複数のスキル玉を取り出すヴェゼル。

「たくさんあるから～大丈夫です～。いつかは安全なところに～つけますよう～」

そういう問題なんだろうか。

「私はその魔王とやらに興味がある」

真面目な表情でそう言ったのはミネア。どうやら例の爆発したお餅に魔王が絡んでいるようだというのが、彼女が調査した結果だったらしい。

……魔王とお餅って何の関係性も見出せないよ。自信満々だけど、その調査結果、明らかに間違ってるよね？

「王国内で変な騒動を起こすのはやめてくれないか」

胃が痛い、と勇者なのに苦労人なフェイルクラウトが、少しやつれた顔で言う。魔王復活なんて事態を知ってしまったからには、最後まで見届けなければならないという使命感のみでついてきたようだ。不憫《ふびん》。

ちなみに、ラグナ少年は騎士団の仕事があるとか言って王都に帰っていった。

「ホンマにもう、お嬢は帰って早々何しとんのや」

意味わからんわあ、と蚊トンボが嘆く真似をして、メルに叩かれている。メルことメルティーナは、蚊トンボと一緒に私と契約した妖精だ。蚊トンボとは違って、妖精らしくとても可愛い。

「ちょっと、鬱陶《うっとう》しいからやめてちょうだい」

「……メル、最近お嬢に染まりすぎや」

失礼な！　思わず特製ハエ叩きで蚊トンボをはたいてしまう私なのだった。

「何でもいいが、鉱石種の時のような騒動は御免《ごめん》だぞ。せっかく我らが丹精《たんせい》を込めた作った畑。荒らすことは許さん」

仁王立ちで言い放ったのは、人型になっているオルト。麦わら帽子と首に巻いたタオルがよく似合っています、はい。もう農家のおっさんにしか見えないよ。最近私より畑に愛情を注いでいるんじゃないかと思うね。だが、畑を愛する気持ちは負けるつもりはないよ！

ちなみにヴィクターは屋敷にて雲隠れ中、メロウズは果樹園にハンモックを吊ってお昼寝中である。それはそれで自由だなあ。

もちろんグリーは特に何を言うでもなく、本来の虎の姿に戻って私の横を歩いている。

なんだかんだで、大所帯で森へと踏み入る私たち。

しかし、問題が一つ。

「で、どうやって封印を解くの？」

一つだけにして最大の問題である。

よく考えたら、封印の解き方なんて知らないよ。ゲームでもそんなのやったことなかったしねえ。

「封印の解き方は千差万別《せんさばんべつ》、魔王によってそれぞれ違いますからね」

グリーが自分の時の封印の解き方は全く参考にならないと唸《うな》る。どうやら彼も知らないらしい。

私たちは期待を込めてニナを見る。

「そうねえ。呼んでみればいいんじゃないかしら？」

期待を一身に受けた精霊は、肩をすくめてそんな適当な発言をした。首を傾げて、「だってそんなこと知らないわ」といい笑顔だ。ちょいとニナさんや……

「いいこと？　彼女を封印したのは『来訪者』であって私じゃないの」

「はあ」

「だから封印を解く方法なんて、私にはわからないわ」

あっけらかんと言い放つ。

「そういうもん？」

「そうよ？　でもここの封印はかなり綻《ほころ》びてきているし、とりあえず呼んでみれば何とかなるかもしれないわよ」

適当すぎるが、他に方法もないので渋々呼んでみることにする。

「ええと、名前か。魔王スラヴィレート……これでいいのかな？」

「はあい？　もっと大きい声で呼んでくれる？」

……返事があった。マジでか。しかも軽いし。

「魔王スラヴィレート」

要望に応えて、今度は大きな声で呼んでみる。

「はいはい、来たわよ～」

うん、来た。なんか目の前に変な美人のお姉さんが現れた。

ポニーテールに結われたきらめく銀の髪に、緑の瞳。白い肌に赤い唇。顔はかなり美人さん。私の乏しい語彙《ごい》では表現しきれないのだが、たぶん十人中十人が美人だと断定するに違いない。

で、ここまではいいのだが。

何が変なのかというと、服がヒョウ柄。（偏見かもしれないが）大阪のおばちゃんとかがよく着ていそうなアニマル柄だ。でもって、ショッキングピンク色のパンツ。こんな派手なパンツ、日本でも滅多にお目にかかれないよ。それに額《ひたい》と頬、腕から指先にかけて青い色の刺青《いれずみ》が入っている。

「なんで呼んだだけで魔王の封印が解けるんだ……？」

あり得ないだろう、とフェイルクラウトが目の前のお姉さんを睨みつける。

スラヴィレートの気配はごく普通の人間と変わりない。フェイルクラウトは騙《だま》されているのか、と顔が険《けわ》しくなっている。

私は本物だと確信しているけどね。さっきニナが小声でスラヴィレートの愛称を呼んでたし。

「あら、別にこの子が封印を解いたわけではないわよ？」

おかしなことを言うわね、とくすくす笑うスラヴィレート。フェイルクラウトの攻撃的な態度にも全く気を悪くした様子がない。

「封印はもうかなり綻《ほころ》びていて、あと一押しだったんだもの。いつだって私は出てこられたわ。でも、そうね……」

私の方をちらりと見て、笑みを深くする。

「『来訪者』の声は特別ね。貴女《あなた》の声があったから、封印はまるで紙のように簡単に破れたわ」

深く、耳に残る声。おそらく魅了系の魔法が乗せられているのだろう。私には何の効果もないが、周りを見ると、ラティスたちがとろんとした目をしている。

グリーがさっと私の前に出て威嚇《いかく》する。

「あら、そんなに警戒しなくても何もしないわよ？」

深く、深く心の奥底まで染み入るような声。

「その声を使うのはヤメロ」

「ごめんなさいね、つい。でもあなたの主は昔の『来訪者』たちみたいにかなり力があるようね」

「母上は特別だからな」

なぜか得意げに胸を張るグリー。

「事情はだいたい把握しているわ。私の持ち物が迷惑をかけたようね」

ごく普通の声に戻った。

スラヴィレートには、ニナが事前に話をしていたらしい。封印されているにもかかわらず、念話が通じるってどういうこと？　まあ、確かにもう封印はほとんど機能していなかったんだろう。

「城の結界の中にまだその村が『収納』されているなら取り出せるわ。貴女《あなた》のことは少し気に入っているから力を貸してあげる」

そう言って、スラヴィレートはぱちんと指を鳴らす。

「！　消えた」

指が鳴ったと同時に、アリスたちが姿を消した。

残ったのは私とグリー、ニナ、それにミネアとヴェゼル少年。あとなぜか蚊トンボ。

人外組では、メルとオルトの姿はない。

「え、ええ?」

「うん?」

もう一度指を鳴らされて正気に戻ったヴェゼル少年がわたわたと辺りを見回し、ミネアは慌てた様子もなく魔王を見ている。

「母さん～? アリスさん～スレイさん～ラティスさん～シオンさん～?」

呼びながらきょろきょろと忙《せわ》しなく森の中を探すヴェゼル。

「勇者さんもいない～……何があったのかな～」

慌てているはずなのに、話し方のせいかあんまり焦っているようには見えない。

「まあ落ち着け」

そんなヴェゼル少年の肩をぽんぽんと叩いたミネアは、驚くくらい落ち着いている。

「ミネアは冷静だね」

「そうか? これでもかなり驚いているし、慌てているんだが」

本当か? 全員から疑いの目を向けられるミネア。スラヴィレートも「落ち着いてるじゃない」と、嘘はよくないと言わんばかりにミネアを見ている。

「みんなどこに行ったんや」

蚊トンボがさりげなく私の後ろに隠れつつ、一番気になることを聞いてた。聞くのはいいが、ヒトを盾にするなよ。

「すぐそこのおうちで眠ってもらっているわ」

「なんでこのメンバーだけ残したの？」

正直、なぜヴェゼルとミネア？　そしてメルではなく蚊トンボが残ったのも不満である。どうせならおっさんの妖精もどきよりも、可愛らしい妖精のほうがいいに決まってるよね。

「なんや、今失礼なこと考えんかったか」

「気のせい」

ムダに鋭い蚊トンボめ。

「あら、だってその子は竜人族でしょう。あとはエルフに妖精族の王。魔王が一匹に精霊。あら、我ながらいい人選ね」

満足だわ、と一人納得して頷く魔王スラヴィレート。あ、種族の問題なわけね。

「さてあなたたち、手伝ってちょうだい。浮遊城をここへ呼び出すから」

「「呼び出す!?」」

魔王スラヴィレートの言葉に目が点になる私たちなのだった。

13　活躍するときがきた

私は今、白とピンクの大量のファンシーなぬいぐるみに囲まれている。

言っておくが、別に頭がおかしくなったわけではない。あと、視覚も正常に働いている。

この変な乙女《おとめ》部屋にいるのは私だけだ。他には誰もいない。グリーすらいない。

「……って、待たんかい！　なにさりげなくヒトをスルーしとんのや！」

訂正、蚊トンボが一緒だった。

「むう、一人よりマシなのか、一人のほうがマシなのか」

悩みどころだ。

「え、そこ迷うとこと違うで。一人よりマシに決まっとるがな。あっしがおったら百人力やで」

胸を張って威張《いば》る蚊トンボ。く、可愛さの欠片《かけら》もないわ！　そして一つ言いたい。

「……でも蚊だし」

ぼそりと呟く私に間髪《かんはつ》容れずに突っ込みが。

「蚊やないわ！　妖精や！」

喚《わめ》く蚊……もとい妖精を無視して、私はどうしてこうなったのかを思い返した。

話は数分前に遡《さかのぼ》る。

森の奥で私たちと対峙しているのは魔王スラヴィレート。

詳しくは知らないが、魔王にはランクがあり、スラヴィレートははっきり言って、現存するどの魔王よりも強い……らしい。

「貴様、力があるのだから一人で浮遊城を呼び出せばいいだろう」

グリーが警戒を解かぬままスラヴィレートを見据えて言った。

グリーはどうやらスラヴィレートが苦手らしいのだが、私を守るため、自分を奮い立たせている。前に会った迷宮管理者のセキといい、スラヴィレートといい、グリーって意外と弱いのかしら？　……ってのは冗談です。今まで出会った人外たちが強すぎるだけなんだけどね。

警戒心剥《む》き出しのグリーに、スラヴィレートは特に気分を害することなく、余裕の笑みを深くしただけだ。

「あら、仕方ないわ。私は封印を解かれたばかりで大した力がないし、浮遊城は四種族以上の違う力を魔法陣に注がないと、こちらでは実体化させられないのよ」

面倒だけどね、と言う彼女の言葉に嘘はないように見える。

私から見れば彼女の保有魔力は膨大だが、おそらく本来の力には程遠いに違いない。

そういえば精霊は嘘をつくことができない種族だけど、魔王となった彼女はどうなのかね。

……などと考え事をしていると、スラヴィレートが私をちらりと見て、グリーに視線を戻す。その瞳に悪戯《いたずら》っ子のような輝きがあるように見えるのは、私だけだろうか。

「その上、核となる『来訪者』も必要だわ」

特別なことは何もない、と言わんばかりにさらっと告げられた言葉。

けれど、グリーの反応を面白がっているみたいにも見える。

「……核？」

眉をひそめて警戒を強めるグリー。私を見て、スラヴィレートを見て、さらに体を大きくする。

おお、一回りも大きくなった。

どうやらこれは彼の本気の戦闘態勢ということらしいのだが、うん、スラヴィレートは完全に面白がってる。思うつぼだねえ。

「あら、そんなに身構えないでちょうだい。必要なのは『来訪者』の力であって、別に生け贄《にえ》にするわけではないわ。そもそも浮遊城は精霊界にあってこそのもの。こちらに実体化させるなんて本来あり得ないのよ。それでももしかしたら必要になるかもしれないから、と彼が苦心してこの機能をつけてくれたんだから」

文句ばかり言わずに感謝して欲しいわ、と憤《いきどお》るスラヴィレートは確かに正しい。

だいたい浮遊城を実体化する必要があるのは私たちなわけだし、浮遊城がリセリッタ村を消してしまったのは、言ってみれば不可抗力だ。だから、魔王とはいえ何も悪いことをしていないスラヴィレートが怒る気持ちもわかる。本気で怒っているようには見えないけどね。

それでも私は少し頭を下げる。やっぱり力を貸してもらうんだから、ちゃんとお願いしないとダメだよね。

「確かにそうだね。ごめん」

「あら、素直。可愛いから許してあげるわ」

ころっと機嫌を直して笑顔になるスラヴィレート。

魔王っていっても案外話わかるなあ、とか呑気に思っていたのだが。

「うえ⁉」

思わず変な声が出てしまった。

ふと見てみたら、ミネアもヴェゼルも真っ青になって今にも倒れそうだったのだ。蚊トンボはそこまでではないが、顔色は悪い。ナニゴト？

「この威圧感満載の空間で平気なんは、お嬢とそこの魔王くらいや」

確かに、ニナもなんだかいつもより顔が白いような。

それでも、グリーが皆を守ってくれているおかげで大分マシなんだとか。

スラヴィレートの機嫌がいいのは、これだけ威圧しているのに私が全く応《こた》えていないから、ということらしい。……って言われてもねえ。私の場合、威圧だけでなく、状態異常にはすべからく耐性があるからなあ。

「というわけで、試させてもらうわ」

あまりにあっさり言われすぎて、私は混乱した。ナニが？　え、どういうわけで？

疑問付で頭の中を埋め尽くされた私に構うことなく、スラヴィレートが指を鳴らす。

「は？」

「な、なんや？」

あっという間に周りの景色が変わる。どうやら強制転移させられたようだ。

「あら、煩《うるさ》いわグリースロウ。ちょっと黙っていてちょうだい。いいこと？　そこをクリアするだけの実力がなければ核として使えないわ。特別に相方をつけてあげるから。頑張ってね」

さっぱり意味がわからない言葉だけ残して、スラヴィレートの気配が消える。

いいよ？　実力的に大丈夫かどうか、確かめるのはアリだとは思うのよ。

ただ、一つだけどうしても言いたいことが！

「だからってなんで相方が蚊トンボなのさ！」

てなわけで、まあ、私たちは今ここにいるわけだが。何なのさ、このファンシーな空間は。

「さて、気を取り直して」

「……色々言いたいことはあるんやけど、まあ、ええわ。今はそんな場合やないしな」

問題はこれから何をすればいいのか、である。

いや、ほら。こういう時って、ぬいぐるみが動いて襲ってきたり、変なガスが出てきたり、色々あると思うんだけど。

「……なんにも起こらんなあ」

「何も起こらないねえ」

警戒してしばらく待ってみたのだが、特に何も起こらない。どうしたらいいだろうか。

「とりあえず部屋を調べてみるか」

「え〜、そんなこと言うたって、このぬいぐるみ全部は大変やで。何体ある思うとるんや。他にも子供が使うような、ちっさなオモチャなんかもあるんやで？」

仕掛けなり敵なりがさっさと見つかればいいが、そうでなければ突破口を探して小物まで延々と調べ続けることになる。蚊トンボでなくとも、考えただけでうんざりするというものだ。

だがしかし。

「甘い、砂糖より甘いよ、蚊トンボ」

私は腰に手を当てて胸を張る。とうとうこの時が来た。

「な、なんや？」

「今こそ、この無駄チートを発揮するときなのだ！」

私の言葉の意味がよくわからなかったのか、蚊トンボは混乱しているが、それはどうでもいい。

この世界に来てまもなく五年。私が持つゲームで鍛えたチート能力は、ほぼ使わずに過ごしてきた。

ぶっちゃけ、チートなんてなくてもいけたよ。うん。お金やアイテムにはかなり助けられたけどね。やっぱり蚊トンボやメル、オルト、それにグリーとか、頼りになる同居人を得たのが大きかったよなあ。生活面は、フェリクスやルイセリゼがかなり助けてくれたし。

それでもせっかく持っている力なのだ。使わないと意味ないなあ、とか実は思っていました。

そしてとうとうこの時がやってきた！

「たとえ生産寄りの私の力だって、役立つに違いないのさ！」

うはははは、と高笑いをする私に蚊トンボがドン引きしているが、そんなことは気にしない。

「……どうでもいいけどな、お嬢、無表情で高笑いするのはどうかと思うで」

うっさいわ！

14　所詮は生産チート、されど

とりあえず、スキルスロットを確認、入れ替えをする。あとステータスも確認しないとね。

というわけで久しぶりに、本当に久しぶりにシステムブックを開いた。

ちょこちょこ必要なスキルは入れ替えていたけど、戦闘系はほとんど使ってないなあ。

status

【名前】リン　【種族】神人　【称号】緑の指・神に挑みし者・楽園の管理者・一騎当千
【メイン職】神の農園主　【サブ職1】神の料理人　【サブ職2】神の調薬士
HP：1660　MP：5890　SP：3420
STR：340　VIT：130　DEF：240　DEX：580
INT：340　MIN：300　LUK：120
【装備】農婦の服（強化MAX）・農婦の靴（強化MAX）
月のリング・太陽の指輪・神言の指輪・豊穣の指輪
【スキルスロット】
体術総合：80　料理：179　合成術：98　錬金術：120
調薬：139　鍛冶：80　採取：123　採掘：127
伐採：149　召喚：140
［サポートスキル］
魔力：280　魔術の心得：90　生産の心得：82　農業の心得：193
隠密：65　言語学：100　植物の才能：180　商人の心得：72
【待機スキル】
弓術総合：80　風の才能：83　水の才能：94　光の才能：42　焔の才能：66
土の才能：130　木工：75　裁縫：67　細工：45　貿易の心得：83
水泳：83　付加：95　看破：77　友好：85　解体の心得：72
【パッシブスキル】全状態異常耐性　無詠唱　魔力消費減少（大）

おや、何気に上がっている。まあ、召喚とかは当然だよね。この五年間ずっと召喚しているし。他には、ちょこちょこ使っていたスキルが少しずつ上がってる。それにアリヴェリブの実を加工している最中だからか、調薬の上がり具合もなかなか。

あと魔力がすっごく上がってる。スキルもそうだけど、ステータスも結構伸びてるなあ。MPとか化け物級だね！　ゲームでも五千なんてほとんどいなかったよ。たぶん、鉱石種を育てていたせいだな。あれは魔力をものすごく吸っていたからねえ。

この五年で、自分でも驚くくらい色々上がっていた。これなら生産職だって戦えそうだね！

私は一通り確認すると、スキルスロットを入れ替える。

スロットから【体術総合】【召喚】【錬金術】以外を外し、【弓術総合】【焔《ほのお》の才能】【水の才能】【付加】【風の才能】【土の才能】【光の才能】をセット。

「あとは装備だよね」

システムブックのアイテム欄を操作し、アイテムボックスから装備を取り出す。

取り出した装備は妖精の長弓、豊穣の女神の衣、リンのコート、韋駄天の靴だ。それに身代わり人形という、一度だけ致命傷を肩代わりしてくれるアイテムも腰につける。私のステータスなら滅多なことにはならないと思うけど、用心は大事だよね。

「これで準備は万端《ばんたん》だ」

「なんや知らんが終わったか……って、服も変わっとるがな！」

隅っこのほうに追いやったら拗《す》ねていたらしい蚊トンボが、私の声を聞いて飛んできたのだが、変更後の装備に目を剥《む》いていた。

「その服、ものすごい魔力やな」

恐々と近寄ってきた蚊トンボが、まじまじと私の装備を見る。

「そんなに見ると、穴が空くじゃないか」

ふざけて言ってみたら、蚊トンボがものすごい勢いで後退した。

「ほ、ホンマか！」

「……ごめん、冗談」

まさかここまで反応するとは。

「変な冗談はやめてや。それだけの魔力を帯びた装備や、何があっても不思議やないで」

そんなもんかなあ？

首を傾げつつも、とにかくこれで準備は整った。

「で、どうするんや」

「そうだねえ、風の魔法に探知系があるから、それを使ったらある程度わかるんじゃないかな」

「風魔法の探知系て、あっしも使えるで。範囲は広いが、そんなに詳しいことはわからん。せいぜい敵の気配がわかるくらいや」

「それは中級魔法の【サーチ】でしょ？　じゃなくて、特級魔法の【ディテクション】だよ」

「お嬢、特級魔法なんて使えるわけないやん」

呆れたように言う蚊トンボ。そうでもないよ。

特級魔法はスキルレベルが80以上あれば覚えられる。実は私は覚えているのだ。

【ディテクション】はなかなか有用な魔法で、効果範囲も広く、無機物でも生き物でも、術者が指定したものを検索できる。しかも、曖昧《あいまい》な指定でもいいのだ。例えば【罠】【抜け道】【敵】とか。術者が想い描くものを見つけられるのが、この魔法のいいところである。

「では【ディテクション】」

さわやかな風が私を中心にさあっと吹き渡る。部屋中に風が広がり、すぐに元に戻った。

「おお、すごいなあ」

知ったかぶりをしてみたが、実は使ったのは初めてだ。使う機会がなかったのよぅ。

「へえ、頭の中に情報が流れてくるんだ」

入ってきた情報を整理すると、ぬいぐるみの一体に何か仕掛けがあるようだ。

早速、そのことを蚊トンボに告げる。

あんぐりと口を開けていた蚊トンボは、はっと我に返ると私を凝視してきた。

「お嬢、すごい魔法使いやったんやな」

なぜそんなしみじみと言う。あと私は魔法使いではない。勘違いをしないでおくれ。

「私、農園主だから」

「……そこ、訂正するとこなんやな」

お嬢はやっぱり変や、と頷く蚊トンボ。失礼な！

ともあれ、そのぬいぐるみを調べることにしたのだが。

「ってことで、よろしく」

すたっと手を挙げると、蚊トンボがフルフルと首を振った。

「なんでや！　何があるかもわからんのに嫌に決まっとるやろ！　ここは重装備で固めてるお嬢が行くべきやないか」

そう叫んだかと思うと、ササッと人の後ろに隠れる。

ちっ、役に立たない蚊だな。

ついガラが悪くなってしまう私である。

「仕方ないなあ」

とはいえ、私のほうが防御力が高いのも確かだ。何か危険なことがあったらと考えると、蚊トンボの言うことにも一理ある。渋々、自分で向かうことにした。

仕掛けがあると判定されたのは、一見したところ普通のクマのぬいぐるみだ。特に変わったところはないように見える。

それでも、何かあるのだろう。私は警戒しながら恐る恐るぬいぐるみを持ち上げた。

ぱんっ。

「うぎゃ！」

「なんやあ！」

大きな音がして、思わずぬいぐるみを手放してしまった。

床に放り出されたぬいぐるみは二本足で立ちがり、黒い瞳をきらりと輝かせる。

「へいへいへい、よくこんなに早くオレを見つけたな！　褒めてやるぜ」

なんかしゃべってる。しかもどこから取り出したのか、サングラスまで着用。

「オレはこの試しのダンジョンの案内役だぜ。名前はベア子っていうんだぜ、よろしくな」

……どうしよう、もうどこから突っ込んでいいかわからない。頭が痛くなってきた。

「まあ、あれだ。オレをこんなに早く見つけた『来訪者』はお前が初めてだぜ。ご褒美をやるぜ」

「「ご褒美？」」

ベア子の言葉に私と蚊トンボの声が重なる。

ご褒美とか聞くとニヤニヤするよね、期待するよね！

「お、おう、任せろ」

キラキラした瞳を向けられて若干引き気味なベア子が、それでもドン、と胸を叩く。

「おら、ついて来い！」

迷うことなく歩き出したベア子。私と蚊トンボは警戒しつつも後をついていく。

ベア子が乱暴にぬいぐるみたちをどかし、その後ろのピンクの壁に手を当てると、ごごごごご、という音とともに隠し扉が現れた。

「うおっ」

「全然わからんかったわ」

さっきからへんな声ばかり出しているような気がするが、仕方ないよね。

そもそもこんな頼りない相方の蚊トンボと一緒にダンジョン攻略とか、何の冗談だと言いたいよ。

ともかくも、ベア子を発見してようやく一歩進んだ私たちは、隠し扉を通って次の区画へと急ぐのだった。

◆　◆　◆

「で、何でいきなりこんなことに!?　ご褒美は〜!?」

ベア子がご褒美と言うから大いに期待して隠し扉をくぐったのだが、目の前に現れたのは一匹の巨大なカエルの魔物。かなり広い真っ白な空間に、カエルが鎮座している。

カエルは全身蛍光イエローで、そのぎょろりとした瞳は私の身体くらいの大きさだ。

はっきり言って気持ち悪い。爬《は》虫類《ちゅうるい》系はダメなんだよう。

私はサササッと走ってベア子のサングラスを奪い取ってかけ、一息ついた。これ、何気にマジックアイテムだね。自動サイズ調整機能付きだ。

うん、視界がいい感じに暗くなってカエルの気持ち悪さが半減したわ。

「何てことするんだぜ！　ひどすぎるぜ！」

うっさいわ。ご褒美とか言ってヒトを浮かれさせておいて、あんな気持ち悪いもの仕掛けてくる似非《えせ》ぬいぐるみめ！　サングラスくらい快く貸して欲しいもんだよ。

「あれはイエローフラッグやな。それほど魔力はないが、その巨体で敵を押し潰《つぶ》すっちゅう面倒な魔物や。ちなみに状態異常はほぼ無効化されるで。あと、毒攻撃を仕掛けてくるから唾液と体液には気をつけるんや。それから物理攻撃は、打撃以外はほぼ効かんで」

遠くから叫ぶようにして、敵の情報を教えてくれる蚊トンボ。

なぜそんなに離れているのだね。隠し扉の前に陣取るとか、危なくなったらすぐに逃げる気満々だよね。

「あっしはここから応援と援護さしてもらうよって、お嬢、頑張るんや」

応援とかいらんわ。一応補助魔法はかけてくれるようだが、本当に役に立たんな。

ちなみに案内人のベア子も蚊トンボの横に立っている。何気に足がフルフル震えているのは、気のせいではなかろう。

「へへへ、オレもこいつに出会うのは初めてだぜ！　ちなみに訂正しておくと、こいつはイエローフラッグの亜種だぜ。魔法も効きにくいから気をつけるんだぜ！　特に火炎系魔法をぶつけると効かないうえに爆発してこっちが危険になるから、やめておくのをお勧めするぜ！　ランクで言えば

Sクラスだぜ」

なんだか面倒くさい情報きた。さっきの蚊トンボの話と合わせると、私の弓も魔法も大して効かないってこと？　打撃っていえば体術があるけど……

粘々《ねばねば》のカエルの身体を見て、首を振る。

いやいや、あれに拳を打ち込むとか蹴りを入れるとか、ないわ。直接触るのは、ないない。

そもそもどう見てもゾウより大きいカエルを、いくらゲーム補正があるとはいえ、私の体術で倒せるとは思えない。

あとは……と、手持ちの魔法を思い出す。あ、いいのがあった。

「【エアリアルウォーター】」

魔法を唱えると、私の手から小さな水球が現れる。

特級魔法の【エアリアルウォーター】だ。

呆気に取られた様子の蚊トンボとベア子。

「なんや、その魔法は」

「おいおいおい、そんなんじゃカエルに踏み潰《つぶ》されちまうぜ」

口々に逃げろと言ってくる。

だが甘いな。ナヴィア蜂の蜜よりも甘いわ。特級魔法だよ？　その威力は折り紙付きさ。

しかしカエルも不思議そうに水球を見つめ、脅威はないと判断したのか、ゲコゲコと見下したように笑う。その眼には明らかに嘲《あざけ》りが見て取れる。

水球はのろのろと進むとカエルに当たり、ぱちんと弾けた。カエルは避ける必要もないと判断したのだろう。

――それが命取りになるのだよ。

弾けたと思った水球はしかし、さあっと一気に広がってカエルの全身を包み込む。

そして、水の膜に包まれたカエルが突然苦しみだし、膜の中で暴れだした。

「なんやあ？」

「おいおいおい、どうなってんだぜ」

見る間に小さく縮んでいくカエル。

この【エアリアルウォーター】は水球がぶつかった相手を水の膜に包み込み、中の空気を徐々に圧縮して包まれたものを潰《つぶ》してしまうという恐ろしい魔法なのだ。

ちなみに、中からこの膜を破るにはドラゴンの五倍以上の力が必要らしい。

当然そこまでの力を持たないカエルは、なす術《すべ》もなく圧縮されて、潰《つぶ》されてしまった。

あとには何も残らない。

「ふ、いい仕事したわあ」

私がグイッと額の汗を拭《ふ》き取り爽《さわ》やかに笑うと、蚊トンボとベア子がドン引きしていた。

「恐ろしい子やな、お嬢」

「なんて非常識なんだぜ。戦いにすらなってないぜ」

そんなこと言われたって仕方ないよね？　やらなきゃやられるわけだし。

とはいえ、私もゲーム以外でこの魔法を使ったのは初めてだし、ゲームでもほとんど使ったことがなかったから、実は内心ビビっていた。

しかし、そんなことはおくびにも出さない。弱みなんか見せてたまるか。

「で、ご褒美は？」

サングラスを返しながらベア子に聞く。

「い、今のカエ……」

「ま・さ・か、今のカエルがご褒美とか言わないよね？　ね？」

まさかなあ、とベア子の言葉をさえぎって笑顔で確認。別に脅してはいないよ？

「なんでこんな時は笑顔なんや、お嬢。笑顔が怖いのはお嬢くらいや」

ぼそっとつぶやく蚊トンボ。聞こえない～。

「だ、大丈夫だぜ！　ちゃんとご褒美はあるぜ！」

任せろ、と目を逸《そ》らしながら胸を叩くベア子。

「ほら、カエルがいなくなったところを見るんだぜ」

「んん？」

言われて振り返ると、確かにカエルのいた場所に何かある。

「あの光に触れると、あんたの望むものに変化するんだぜ！　これはスピード勝負なんだぜ。オレを見つける時間とカエルを倒す時間によって報酬が変化するんだぜ」

どうやら私は早く決着をつけたため、一番ランクの高いアイテムが貰えるようである。チート万歳！

というわけで、早速私はそのご褒美を受け取ることにしたのだった。

15　手に入れたものは

「これに触《さわ》ると欲しいものが手に入るわけ？」

「そうだぜ！　オレが今まで会った中で一番の早さだったから、きっといいものが貰えるぜ！」

サングラスをかけ直し、サムズアップして偉そうに言うベア子。

「ただし！」

……ただし？

私がその言葉に振り返ると、さっきまで仁王立ちしていたベア子は、なぜか蚊トンボの後ろに隠れている。いや、全然隠れられてないから。

「報酬は選べないぜ」

意味がわからない。欲しいものが手に入るんじゃなかったのか？

最近思うが、ファンタジーなこの世界の住人は皆、言葉が足りないんじゃないかな。

「つまり、心の奥底の願望がそのまま形になるから、あれが欲しい、これが欲しいと言ってもその通りにはならないってことだぜ」

ああ、なんとなくわかった。

「自分が心の奥底で願っているものなんて、どんなものかわからないよねえ」

自分の本当の願いを知っている人は、そうそういないだろう。私も一体何を形にされるのやら。

「案外、このダンジョンの攻略に役立つもんかもしれんで」

「そうか、今願っていることが形になるんだもんね」

だったら、本当に何が手に入るかわからないな。

「なんでもいいからサッサとするんだぜ。まだこのダンジョンには奥があるんだぜ」

「まだあるんだ」

ちょっとうんざりしてきたが、まあいいだろう。今こそ力を発揮するとき、だからね。

私は迷うことなく光に触れる。

と、光が一瞬強くなって徐々に何かの形を取り始めた。

「おお！　なんや、なんや」

「何になったんだぜ？」

「こ、これは！」

光が消えた後、そこにあったのは。

「……なんや、それ」

「木？」

そこにあったのは確かに木だ。

だが、ただの木材ではない。すでに加工済みである。

「杵《きね》と臼《うす》だ！」

確かに欲しかった。

目を丸くして首を傾げている蚊トンボとベア子を尻目に、私は歓喜の踊りをしてしまった。

「それは一体何なんだぜ？　ものすごい魔力を感じるぜ。それに、その木は世界最高峰の硬度を誇るミシュラ杉だぜ。どんな強力な武器なんだぜ？　それとも防御機能が優れているのか？」

ベア子が興味津々で聞いてくるが、残念。これはあくまでお餅をつくことにしか使えない。

「これは武器にも防具にもならないよ。料理を作る道具だね」

「なに！　それほどの素材が単なる調理道具とか、何ふざけたことを言ってんだぜ」

あり得ない、と言われたが仕方がない。

竜が力いっぱい打ちつけても壊れない杵《きね》と臼《うす》を切望していたから、こうなったわけね。納得。

私はうきうきしながら杵《きね》と臼《うす》をアイテムボックスに収納する。非常に重たいのだが、システムブックを使えば手を触れることなく収納できるのだ。久しぶりに使ったがホント便利だな、これ。

この間、歓楽街でグレアーの木材を手に入れたけど、もう加工を頼む必要はなさそうだ。あとでマナカに言っておこう。

「これでよしっと。んじゃ次案内してよ、ベア子」

今度は何が手に入るのかなあ、と顔がニヤつくのを止められない。

「さっきはあんなに笑顔で怖かったのに、なぜ今は無表情なんだぜ？」

「気にしたら負けや。お嬢の表情はないほうが平和でええで」

「そういうもんなのか？　意味がわからないぜ」

首を傾げながらも、ベア子が次の隠し扉を開ける。

「通路？」

扉を開けた先の通路は石壁が剥《む》き出しで、所々に生えているヒカリゴケのようなものが発光していて意外と明るい。

「ここを進むんだぜ」

「それやったら、先導はあっしにまかしときぃ」

ぐるぐる眼鏡をくいっとあげて、ドヤ顔でにやりと笑う蚊トンボ。なぜ急に。

あっしだっていいとこを見せねば、とかぶつぶつ言っている。

結局、蚊トンボ、私、ベア子の順で進むこととなった。

「あれ、ベア子は案内人なのに何で後ろ？」

「いいんだぜ。この通路は脇道も分かれ道もないんだぜ」

ないんだ。なんとなく嫌な予感がして、私は風魔法の【リ・サーチ】を発動させる。

これは【サーチ】の上級版で、【サーチ】よりも索敵範囲は狭いが、精度はいい。隠れている敵を見つけたい時とか、こういう通路なんかで先の様子を探りたい時にはもってこいの魔法である。

「ん～、特に何も……あ、蚊トンボ、止まって！」

何やら上機嫌で鼻歌を歌いながら進んでいた蚊トンボに、ストップをかける。

「どしたんや、お嬢」

「この先に、なんかやばいもんいるよ」

「やばいってなんや」

「わかんない」

「わからんのかい！」

そんなことを言われたって、わからないものはわからない。ただ、【リ・サーチ】に何かが引っ掛かったのだ。

それに、なんだかものすごく嫌な予感がする。案外こういう予感って当たるんだよねえ。この空間に来てから、なぜかステータスのＬＵＫが驚くくらい上がっていたのと関係あるかも。

ベア子に聞いても、それは言えないことになっている、としか答えない。

とにかく、用心しながら進むしかないのは確かだ。

「それで、蚊トンボ。すっごい大物がいそうな気がするんだけど、行けるの？」

「うはははは、無理や」

高笑いをしてあっさり首を振り、私の肩の辺りまで舞い戻ってくる。手足が震えてるうえに、冷や汗かいてますけど。

「お嬢が大物ゆうとか、そういう時は碌《ろく》なんが出てこんて相場が決まっとるんや」

別に私が言ったかどうかは関係ないのでは。

「なんか理不尽」

言いたいことが伝わったのか、蚊トンボがグイッと目の前に迫ってきた。

「理不尽なことないわ。ええか？　これがフェリクスやアリス、もしくはフェイルクラウトあたりが言う大物やったら、あっしでもなんとかなるんや。お嬢のは基準が違うんや、基準が」

力説された。そうかなあ？

とはいえ、立ち止まっていても仕方ない。私はさっとハエ叩きを取り出すと蚊トンボの暑苦しい顔を叩き落と……ちっ、避けられたか。

「何するんや、お嬢。ひどいやないか」

「おおう、容赦ない嬢ちゃんだぜ」

「いいから、さっさと行こう」

なんかもう面倒になってきた。早く行って片付けて帰ろう。

私が歩き出すと、慌てた様子で蚊トンボとベア子が後に続くのだった。


「で、これか」

通路の奥には少し広い空間があった。

入り口の辺りに隠れて、こそこそと敵の様子を窺《うかが》う私たち。

敵、といっても一体ではない。

部屋の真ん中には小さな壺があり、そこから鬼が湧き出ていたのである。

鬼はいわゆる赤鬼や青鬼など、私が昔、絵本で見たような姿だ。通路の奥にある部屋を、所狭しと埋め尽くしていた。

壺からはまだ湧き出ているので、この調子でいくと、あと十分もすれば通路の方まで鬼があふれてくるだろう。

さらに言えば、一匹一匹からとんでもない量の魔力を感じる。すべてがボスクラスであり、決して雑魚《ざこ》ではない。

「嬢ちゃんは、なかなか恐ろしい力の持ち主だぜ」

小声でベア子が囁《ささや》いてくるが、その内容は納得しかねる。

「ちょっと待ってよ。確かに私の能力は高いけど、あくまで生産職だからね。それにあの鬼たちとは関係なくない？」

「あるぜ。あれは『試しの壺』だぜ。挑戦者の能力を読み取り、能力が高い挑戦者であれば、湧き出てくる敵も強く、そして数も多くなるんだぜ」

なんですと。

ちなみにベア子が言うには、試しのダンジョンの脱落者のうち、約半数がここでリタイアしているらしい。

「言っておくが、リタイアしても問題はないんだぜ。ただリタイアしたことをマスターがどう判断するかは、オレにはわからないんだぜ」

マスターというのは、もちろんスラヴィレートのことだろう。彼女に認めてもらわなくては、こんなところに飛ばされた意味がない。

「よし、行こう」

リセリッタ村を救わなくては。でないと、お米ももち米も手に入らない。せっかく素晴らしい杵《きね》と臼《うす》が手に入っても、宝の持ち腐れである。こんなところで時間をかけている暇はないのだ。

私は意を決して立ち上がった。

「それはええがお嬢、勝算はあるんか」

勝算もなくアタックしても返り討ちに遭《あ》うだけだ、と蚊トンボが止めてくる。

だが、もちろん何の当てもなくこんなことを言うはずもない。

「付加術と土魔法があるから大丈夫」

しかも、高レベルの。

「お嬢は土魔法も使えるんかいな」

「もちろんだよ。土魔法は農業をやるうえでは非常にお役立ちだからね」

「やっぱりそこなんやな。開いた口が塞《ふさ》がらんわ。まあ、ええ。でもなんで付加術なんや。あれはそこまで役には立たんやろ」

付加術は、剣や防具、アクセサリーにエンチャントを施《ほどこ》し、魔法剣や魔法防御のついた防具を作り出すことができる。

初期の頃は一時的な効果しか付与できないが、スキルレベルが上がると装備に定着させることも可能だ。あとは、能力上昇《バフ》や能力低下《デバフ》の付加術も覚えられる。

それなりに役立つもののそれだけの術だ、と蚊トンボは言うが、そうでもない。

「違うね。付加術が真価を発揮するのは、スキルレベルが80を超えたあたりからだよ」

魔法で言えば特級魔法を覚えられるくらいまで、スキルを育てる必要がある。

「付加術にはね、こういう使い方があるのさ」

私はトリプルスペルを使って、魔法を一度に三つ唱えられるように準備する。

「げ、嬢ちゃんトリプルスペルまで使えるんかい」

「ホンマお嬢は規格外にもほどがあるわ。『来訪者』ゆうたって、ここまで能力がある奴はそうそうおらんで」

「任せてよ。これで準備は万端《ばんたん》、と」

「んで、蚊トンボ。風魔法の【返しの風】使える？」

「まあ中級魔法やし、それくらいはな」

風魔法なら上級魔法も使える蚊トンボは、「当然」と頷く。

「よしよし。それなら私が入り口に立ったら、【返しの風】を使って鬼を押し返して」

「それはええけど、長時間はもたんで。せいぜい数十秒や。数も多いよって」

それだけもてば十分である。

【返しの風】は強風を吹かせるだけの魔法なのだが、相手の魔力が高ければ高いほど強い力で絡め取って押し返す、という変わった魔法なのだ。

ただ、生み出せる風の量は術者の魔力によって決まる。普通の魔術師なら、あの量の敵だと押し返せても二、三秒が関の山だろう。何気に魔力は強い蚊トンボなのです。

「それで十分。よろしく」

蚊トンボは訝《いぶか》しげに私を見つつも、【返しの風】を発動させる。

さくさく片付けよう。こういう時にちょうどいい魔法があるのだ。

私は入り口のところに仁王立ちになると、鬼たちの視線を一身に浴びながら魔法を唱えるのだった。

16　鬼退治も一瞬で

「うう、ちょっと怖いわ」

さすがにこれだけの数の敵意に満ちた視線を一気に受けると怖い。冷や汗が出てくる。

だが、ビビっている場合ではない。蚊トンボの魔法もそう長くはもたないのだから。

まず先に、私と蚊トンボ、そしてベア子を囲むように三重の結界を張る。

「これで一安心。もういいよ、蚊トンボ」

声をかけると、ヘロヘロになった蚊トンボが地面に墜落する。かなりの魔力を使った模様。

いやあ、助かったよ。

一番頑丈な結界を張るには時間がかかるし、その間に鬼に見つかれば殺されちゃう危険性が高い。

だから、結界を張る間だけ蚊トンボに鬼を押し返してもらっていたのだ。間にあって良かった。

さらに私は間髪《かんはつ》容《い》れずに魔法を使う。

「【アースウォール・ランダム】。付加【吸着・粘着】、付加【爆発】」

私が唱えるのと同時に、空間のそこかしこに数十個の土壁が出現。

その土壁は、あっという間に近くにいた鬼たちを引き寄せ、くっつける。

次の瞬間、土壁と鬼たちは一気に爆発し、あとには消し炭しか残らない。

「え、えぐいぜ」

「お嬢、なんや、それ」

MPポーションを一気飲みして復活したらしい蚊トンボが、肩口まで飛んできて私に聞いてくる。

「え、うーん。【アースウォール・ランダム】は土魔法の上級魔法だよ」

「知っとるわ。魔法に強い妖精族をなめんといてや。【アースウォール】の上級版で、指定した範囲内にランダムに土壁を出現させる魔法やろ」

「それは俺も知ってるが、これだけの数の土壁を出現させるとか聞いたことないぜ」

もう何があっても驚かない、とベア子が遠い目をして言えば。

「術者の魔力にも左右されるが、普通はせいぜい五〜六個やからな。十近く出現させたっちゅう賢者もおったらしいけど」

そう言った蚊トンボは、「でも、さすがにこれはない」と、私が出現させた数十の土壁があった辺りを遠い目をして眺めている。

何なのよ、二人とも。これぞチート性能よ？

「んで、話を戻すとだね。付加術には魔法と組み合わせて威力を発揮するものがあるんだよ。レベルが80以上になると、ネタ魔法としか思えないようなものも含めて、結構色々とユニークなのを覚えられるんだけど」

その中でも土魔法と相性がいいのが、さっき使った【吸着・粘着】【爆発】である。これらの付加術は、単体では何の効果も発揮しない。魔力を帯びたものに付加する必要がある。

【アースウォール】は魔力で生み出された壁だから、もちろん魔力を帯びている。そう、実は足元の土をせり上がらせているわけではないのだよ。多少の土は必要だけど、大部分は術者の魔力で形成されているのだ。

その土壁に【吸着・粘着】を付加すると、磁石のように周辺にいる生き物を引き寄せ、くっつける。吸着・粘着力は非常に強く、オルトやメロウズが本来の姿に戻ったとしても抵抗できないと断言できる。

さらに付加した【爆発】。これもまた単体では使えず、魔力を帯びたものに付加する必要があるが、爆発力はグリーの一撃に勝るとも劣らない。

だというのに、あれだけの数の土壁を爆発させたにもかかわらず、ビクともしないこの空間が怖いわ。

「ほわあ、恐ろしい魔法だぜ」

ベア子が、鬼が一匹残らず消し炭になった空間を凝視して、ため息とともに呟く。

「いや、私はこの空間のほうが怖いって」

「ここはかつての『来訪者』の技術の粋《すい》と、最高峰の魔王の魔力で練り上げられた特別な空間だぜ。むしろここを破壊できるとか、どんな化け物なんだぜ」

おう、そうだったのか。そんなところにいたとは気づかなかったよ。

「それより、あれさっきと同じ報酬の光とちゃうか」

蚊トンボに言われてよく見ると、先ほどまで鬼が湧き出る壺があった辺りに光の玉がある。

「お、おう。そうだったぜ。もちろんここにも報酬が用意されているぜ。ここを造った『来訪者』によると、『目の前にご褒美をぶら下げれば誰だって実力以上の力が出るものさ』ということらしいぜ」

馬の目の前にニンジンをぶら下げるようなもんかな？　確かにやる気は出るけどさ。

私はすたすた近づいて、ためらうことなく触れた。

「お嬢、感慨とかないんかい」

「二度目だし。もう少し趣向を凝らしてもらわないと」

一度目は感動しても二度目となるとね。

「注文が厳しい挑戦者だぜ」

光の玉はさっきと同じように少し光が強くなり、やがて形が整う。

「お、こ、これは！」

「……ハサミ？」

「ハサミだぜ。しかも材質はすべてのものを切り裂くと言われる伝説のヒヒイロカネだぜ。しかし、なぜハサミ？」

「欲しかったんだよう。これはねえ、剪定《せんてい》ばさみだよ。ほら、果樹園造ったけど、冬になったら剪《せん》定《てい》が必要かなって」

これがまた異常に硬い枝とかがあって、手持ちの素材ではなかなかいい剪定《せんてい》ばさみが作れなかったのだ。ヴィクターにも相談して四苦八苦してたんだけど。いや本当に助かったよ。

「これいいねえ。よく切れそうだし、何よりものすごく軽い。手になじむよ」

「……もうどこから突っ込んでいいかわからないぜ」

疲れたように呟いて、がっくりと膝《ひざ》を折るベア子。

いいじゃない、欲しいものが手に入って私はものすごく満足だよ？

「ま、まあいいぜ。まだもう一つ、試練があるんだぜ。行くぜ」

まだあるんだ。もう帰ろうよ。欲しいものも手に入ったしさ。

ついついため息が漏れる私である。

部屋の奥にあった隠し扉を抜け、ひたすら歩く。

「退屈だねえ」

ステータスが高いせいか、そこまでは疲れはしないのだが、どうにも延々と歩くだけというのは退屈である。景色が全くもって代わり映えしないから余計だ。

「う、ごほごほ」

案外喉が弱いらしい蚊トンボは、たまに舞い上がる砂に咳込んでいる。さっき、即席でピッタリマスクを作ってあげたじゃないか。

「ここはオレも嫌いなんだぜ。オレの立派な毛並みが砂にやられてガサガサになっちまうからな」

ぬいぐるみのベア子もサングラスをくいっと直しながら、「へっ」とやさぐれている。

今私たちが歩いているのは、先の見えない砂漠。地平の果てまで続く砂漠。

ただひたすら砂しかない。時折吹く風が砂を舞い上げて、ちょっとイラッとする。

「で、どこまで歩けばいいのさ」

大した距離は歩いていない気はするが、もう限界。だんだん心がささくれ立ってきたよ。

「もう少しだぜ」

そのセリフ、すでに四回目ですよ、ベア子さんや。

「お嬢。この風、混乱とか挑発とかの精神干渉系の魔法が乗せられてるで」

「……マジで？　気づかなかった」

私が感知できないとか、どうなんだ。今は装備もばっちり固めてるのになあ。

もしかしてこのイライラは、気づかないうちに精神干渉を受けているからか？　状態異常は全部防げるはずなんだけど。

それとも、私に干渉できるほど高魔力なのか。感知できなかったくらいだし、あり得るかも。

そんなことをぶつぶつ言っていたら、蚊トンボが疲れたようにこぼす。

「いやあ、それはお嬢がただイラッとしとるだけや。精神干渉系魔法は全部レジストしとるで。お嬢が気づかんかったのは、風に乗っている魔力がほんの少しで全部勝手にレジストできるからや。風やって、体に触れんとなかなか吹いとることに気づかんやろ？」

「ふうん、そういうもん？」

「そういうもんや。お嬢は力は強いが、あんまり常識を知らんのやなあ。どこで魔法習ったんや」

習ってないし。こっちの世界の人たちみたいに魔法を理論的に考えたことだってない。何となくで使えるからなあ。つまり、使うことはできても教えることはできない、ってやつだよね。

「そんなことは、はっきり言ってどうでもいいけどね。まだ敵とか出てこないんだけど、これからどうすんのさ」

風にそんなものが乗っているなら、敵はいるのだろう。だが、姿はない。

「嬢ちゃんが見つけられないだけで、もう出てきてるぜ。さっきからもうすぐって言ってたのは、もういるって意味なんだぜ」

「……は？」

思わず間抜けな声が出た。

わかるか！　素直にもう敵がいるって教えてよ！

「お嬢、なんやおるのは間違いないで」

ベア子の言葉を裏づけるように蚊トンボも頷く。深刻な顔をしているつもりだろうが、マスク姿では締まらない。むしろ間抜けだ。どうしよう、笑える。

「お嬢、相変わらず失礼なこと考えとるやろ」

「はははは、気のせい、気のせい」

そんなことより、まずは敵の姿を見つけなくてはならないのだが。さてどうするか。

私はしばし立ち止まって考えるのだった。

17　最後の敵は

砂漠の中の見えない敵。

今のところ大して実害のない風を吹かせるくらいだが、いつどんな攻撃を仕掛けてくるかわからない。どういう敵なのかも、どれほどの力があるのかも未知なのだから、油断大敵である。

「風は無害だからいいけど、さてどうしようか」

「ちょい待てや。勘違いしとるようだから言うとくけどな、この風を実害がないとか言い切るのはお嬢だけやからな。一般的には実害ありまくりや！」

「……そう？」

まあ、確かに蚊トンボの言う通りなのかもしれないが、それがどうしたというのか。今ここには私と蚊トンボ、それにベア子しかいないのだから、一般論とかどうでもよくない？

そう言うと、蚊トンボは虚を突かれたような顔をして首をひねる。

「そう、やな？　そうなんかな……」

悶々《もんもん》と悩む蚊トンボはさておいて。

「どうしようかなあ……」

姿が見えない敵ってゲームにも出てきたことがあったなあ、と懐かしく思い出す。一度だけ、確かハロウィンイベントの時だったと思う。

「そうそう、透明人間ならぬ透明な魔物……イレイスだったたっけか」

お化けがモチーフだという、ひょうきんな魔物だった。「トリックオアトリート」と叫びながら、姿が見えないまま飛び回るだけの魔物で、その姿を見られると消滅してアイテムを落とす、という仕様だった。ただ、消滅するときに周囲にＭＰ、もしくはＳＰに大ダメージを与えるという面倒な奴だったんだけど。

ハロウィンとかクリスマスとかのイベント専用の魔物は、結構変わったのが多かったんだよな。それもまたあのゲームの魅力だった。

「嬢ちゃんはイレイスを知ってるのか。あれは滅多なことでは人前に姿を現さない珍しい魔物なんだぜ」

「あー、あっしも昔の文献でしか知らんわ。しかも対処法はさっぱりや」

蚊トンボは曲がりなりにも妖精族を束ねるものとして、様々な文献を読みあさり、知識は豊富らしい。しかし、妖精族の長い歴史の中でもイレイスが文献に出てくるのは二回だけだという。それもかろうじて姿を見ることはできたが、すぐに姿がかき消えてしまって結局何もわからない、という内容だったのだとか。

「だが、残念だぜ。ここにいるのはイレイスではないぜ」

なぜか勝ち誇ったように胸を張るベア子。

「へえ、だったらボスのイレーザーかな？」

安直な名前だが仕方がない。別に私がつけたわけではないからね？

ちなみに名づける時に、運営が一度きりの魔物だし名前を考えるのが面倒だ、ということで簡単かつわかりやすい名前にしたのだとか。あくまで噂《うわさ》でしかないけど。

ともあれ、私の予想は当たったようだ。

ベア子がずり落ちたサングラスをかけ直し、わざとらしく口笛を吹いている。わかりやす！

イレーザーは、イレイスとは違い戦闘タイプの魔物である。精神干渉系の攻撃手段は多彩で、状態異常系はほぼすべて仕掛けてくる。

姿は基本的に見えず、こちらからの状態異常攻撃、能力低下《デバフ》系統はほぼレジストされる。精神防御が異常に高いのが特徴だ。それに物理攻撃もほぼ無効、魔法に対する防御も高いとあって、なかなかに厄介な魔物である。下手すると、何もできないままサンドバックにされて全滅だ。

「よ、よく知ってるな」

私の解説に後ずさりするベア子。うん、やっぱりイレーザーで確定だな。

「そんな魔物、どうするんや、倒すなんて不可能やないか」

「そうでもないんだな」

もちろん倒せないボスなんてあり得ない。

「イレーザーには致命的な弱点がある」

「それはなんや」

期待に満ちた顔で、蚊トンボが聞いてくる。いい反応するなあ。これで普通の妖精だったらなあ。

なんでおっさん……いや、これ以上はよそう。

「簡単だよ。姿さえさらしてしまえば、物理防御、魔法防御ともに半減するから」

「ほ、本当によく知ってるぜ、嬢ちゃん。だがな、その姿をさらす、というのが難しいんだぜ」

「魔物を応援しているようだね」

「当然だぜ。こうも楽々クリアされちゃあ、試しのダンジョンの名折れだぜ」

そういうもん？　でも面倒なので、さっさとクリアさせてもらうよん。

「じゃじゃじゃじゃん」

もったいぶってアイテムボックスから取り出したのは、一本の小瓶。

これが非常に重要なのだ。作るのにどれだけ苦労したことか。

しかしハロウィンイベントでしか意味をなさず、さらには次の年のハロウィンイベントは全く別のものになっていたから、これまでアイテムボックスの中で死蔵されていた一品なのだが。

イベントで使ったときの残りがまだ二本、残ってて助かったよ。今では素材が足りなくて到底作れないからねえ。

「なんや、それ」

「これは〜イレイスやイレーザーの姿をさらすためだけに開発された薬なのだよ、蚊トンボ君」

「お嬢、気持ち悪いで」

「悪かったね！　この薬はね、素材に世界樹の花の蜜と、ドンケルハイトの花弁、それにグロート鉱石、神龍の鱗《うろこ》、ホワイトスネークの心臓なんかを使ってるから、今はもう作ることができない貴重品なんだよ」

貴重品ではあるが、用途も限定されているので作る必要もないんだけどね。

だが、蚊トンボは小瓶に触れようとしていた手を素早く引っ込めると、ものすごい勢いで後ろに飛びのいた。

「な、なんや、その素材は！　全部伝説級どころか、神話に出てくるようなもんばかりやないか」

「ははは、神の調薬士をなめんなよ」

ちょっと気分がよくなった。驚け驚け。

「く、そんなものまで持ってるなんて卑怯だぜ！　もう少し常識ってもんを身につけるべきだぜ、嬢ちゃん」

動いてしゃべるサングラス着用のぬいぐるみに常識を説かれたくないわ！

「もう、何に驚いてええのかわからんわ。で、そんな貴重なもんをどうするんや」

「こうするんだよ」

風魔法初歩の、そよ風を吹かせるだけの魔法【ウィンド】を唱え、その風に乗せるように小瓶の中身を撒《ま》く。

「ウギギギギイイイイ」

耳障《みみざわ》りな声が聞こえた方を振り返ると、そこにイレーザーがいた。

大きなかぼちゃの頭。白いひらひらの布をまとって宙に浮いているその姿は、ジャック・オー・ランタンをモチーフにしている。

まあ、私はハロウィン限定のユニークモンスターだって知ってるからね。違和感はないけど、蚊トンボはあんぐりと口を開けている。間抜けな顔が笑えるわあ。ププ。

「ラスボスめ、姿を現したな！」

特に意味はないが、なんとなく、びしっと指を突きつけてそう言ってみた。

……なんか、照れる。やらなきゃよかった。

「ごほん、気を取り直して」

私がそんなことをしている間に、イレーザーは攻撃の準備を整えてしまったようだ。

いくつもの巨大な火球が私たち目がけて飛んでくる……って、いつの間にか姿消してますね、ベア子さん。素早い。

だが問題はない。こんなこともあろうかと、虫魔属《むしまぞく》のお店でばっちりいいものを購入しているのだ！

「うはははは、いけ、消火布君！」

私が懐《ふところ》から取り出した真っ赤な布は、ひらひらと素早い動きで火球めがけて飛んでいった。

ばかっと布に描かれた口が大きく開いたかと思うと、次々に火球を呑み込んでいく。

最後に、げふっとげっぷのようなものをした後、燃えて消えてしまった。

使い捨てのアイテムだって聞いていたけど、結構役に立つなあ。

「お嬢、何でそんなもん持ってんのや」

「んん？　この前虫魔属《むしまぞく》のお店を覗《のぞ》いた時に、面白そうだから一つ買ってみたんだよ」

完全にネタアイテムだと思っていたが、なかなかどうして、案外お役立ちアイテムだったたな。高かっただけのことはある。

「ギギギギギ」

七、八個あった火球すべてをあっという間に消されたせいか、悔しそうに唸《うな》るイレーザー。

「グギグギグギグギ」

何やら言っている気がする。それにしても、金属がこすれるような耳障《みみざわ》りな声だな。

「仕方ないぜ、やるぜ！」

「ベア子？」

いつの間にか、イレーザーの前にファンシーなぬいぐるみ、ベア子の姿が。

「うえ、合体した⁉」

まさかの合体。しかし巨大化はしなかった。ちょっと残念。

なんというか、ベア子がすっぽりイレーザーの中に入り込んだというか。今あのカボチャ頭の中にはファンシーなクマのぬいぐるみが？

「はっはあ、驚いたか、嬢ちゃん！　そう簡単にクリアはさせねえぜ！」

あ、まともにしゃべった。

「うん、ものすごく驚いた」

「くっ、驚いたならそういう顔をするんだぜ！　なんで無表情なんだぜ」

頷いたらなぜか怒られた。うるさいわ！

「なんかさらに面倒になったような」

「どうするんや、お嬢」

「ちゃっちゃと倒すに決まってるでしょ」

私は早いところ水田を作ってお米を食べるのだ。あとお餅も。お餅はやっぱりつきたてが最高だよねえ。

ヘビ牧場も作らないといけないし、忙しいんだから。こんなところでクマのぬいぐるみと戯《たわむ》れている暇はないのだよ。

というわけで、トリプルスペルを発動。これ、魔力食うんだよね。まあ、MPは化け物並みだから何の問題もないんだけどさ。

「付加【インテリジェンス】、【光の壁】」

まずは魔力を強化して、一つ目の魔法を発動。

でもって、アイテムボックスから小瓶を三本取り出し、次々と飲み干す。……マズイ。

そして続けて発動するのは、特級魔法。

「【ライトニングシャワー】」

私の光魔法はレベルが低いので、本来なら上級魔法すら使うことはできない。

だが、実は裏技がある。

先ほど飲んだ小瓶の中身。あれは私がかつて調薬で作り出した、一時的なレベル底上げ薬なのだ。

なんと一本で15レベル引き上げ、三本で45レベルも引き上げられる。

おかげで、今の私は特級魔法が使えるようになった。

もちろん、制約もデメリットもある。薬は基本的に一つのスキルしか上げることができず、私が先ほど飲んだものは光の才能専用の薬だ。そして一度に飲める上限は三本まで。使える魔法は、引き上げたレベルで使用可能な級の魔法が一つだけ。

つまり、いくらレベルが引き上げられても、今回は先ほど設定した【ライトニングシャワー】以外は使えない。

さらに、薬の効果時間は二分しかなく、効果が切れたあと二日は同系統の魔法を使えない。今の私の場合は光魔法だね。

それでも、効果は絶大だ。

光の壁に守られた私たちを避け、広範囲に光のシャワーが降り注ぐ。

あっという間にイレーザーは跡形もなく崩れ去り、残されたのは黒焦げになってピクピクしているクマのぬいぐるみ。

「あ、生きてた」

ベア子、意外にしぶとい。

そして、ゆらりと立ち上がり、ちょっと焦げたサングラスを装着。ぶっちゃけ、イレーザーより不気味だわ！

最後の敵はベア子だったか。

私と蚊トンボは、ベア子を見据えて構えるのだった。

18　浮遊城登場

焦げながらも、いまだベア子の黒いボタンの瞳は光を失っていない。モフモフの両足は、しっかりと砂地を踏みしめている。

すわ、ベア子が仕掛けてくるかと思いきや、案外そんなことはなかった。

どこからか取り出したタバコを吸い、一息つくとフッと笑う。

「やるなあ、嬢ちゃん。そんな小さななりしてるから油断したぜ」

……まあ、中身は三十歳過ぎてますから。

ぬいぐるみのくせにタバコなんか吸って燃えないのかしら。

「ほらよ。これがダンジョンのクリア報酬だぜ」

そう言ってベア子が投げて寄こしたのは、金メダルのようなもの。

「金色は珍しいんだぜ。それだけ嬢ちゃんに実力があったってことだ。……なんでそんなに不満顔」

「お嬢、こういう時はちゃんと表情に出るんやな」

姿が見えないと思ったら、リュックの中にいたのか、蚊トンボ。そんな感心したように言われてもね。それにしても、いつの間に。

「そう？　いつもと変わらないと思うけどなあ」

自分では普段と同じつもりなんだけど。

それはさておき。不満は当然ある。

「報酬って、これだけ？」

正直、ラスボスなのにしょぼい。

信じられず、私はベア子にじりじりと近づく。

「もっとこう、あるじゃない？　ねえ、あるよね？」

「近い、近い！　そこまで近づく必要はないと思うぜ！　も、もちろん他にあるぜ」

ベア子にこれでもかと近づいて問いつめると、ずざざざ、と音を立てて後退された。

私から一定の距離を保ち、ベア子は慌ててサングラスを外して放り投げる。サングラスは空中でくるっと一回転し、例の光の玉に変わった。

「「おおおお」」

思わず拍手する私たち。私よりも期待に満ちた目をしているのはなんでだね、蚊トンボ。

ベア子に促され、私は光の玉に触れる。

光が消えると、あとには大きな麻袋が残された。

恐る恐る中を覗《のぞ》き込んだ私は、またもや歓喜の踊りをしてしまった。

「今度はなんやったんや？　ようやっとマトモなもんやったか」

なにそれ。今までの報酬だって素晴らしかったよ？

「剪定《せんてい》ばさみとか、最高だったよ？」

「お嬢、最高級の鉱石つこうたハサミとか、わけわからんからな。伝説級の武器やって造れる素材をつこうてたし」

だからいいんじゃないか。

「あの素晴らしさが、なんで伝わらないかな？」

不満である。いいけどさ。

「で、今度は何やったんや」

期待で待ちきれないといった様子の蚊トンボ。

「今までの挑戦者は、国一つ手に入れたり、一生かかっても使いきれないほどの財宝を手にしたりしてたぜ」

蚊トンボもベア子も、目を輝かせて麻袋に飛びつく。

「……だから、なんやの？　これ」

「種、か？　なぜだ？　もっとマトモな宝を要求して欲しいぜ！　せっかくの何でも手に入る特別な玉なんだぜ」

呆れたような蚊トンボとベア子の言葉。

いやいや、むしろこっちが呆れてしまうよ。だってそうだよね？　これの価値がわからないとか、どうなのよ。

「だ・か・ら、素晴らしい宝が手に入ったよ？　私は満足ですよ」

「そ、そうかもしれねえが……この報酬でそう思えるって、無欲なのか、バカなのか」

「失礼だな。宝の価値はヒトそれぞれなの。いいじゃないか、私が満足してるんだから」

「お、おう。満足してるなら仕方がないぜ」

「あり得ん、あり得んでお嬢。もう、どこから突っ込んだらいいかわからんわ」

別に突っ込みいらないから。お笑い芸人じゃあるまいし。

私は再び麻袋の中を覗《のぞ》き込む。

中に入っていたのは、色とりどりの豆であった。

大豆《だいず》、小豆《あずき》、いんげん、ウグイス豆、黒豆などなど。

これがあれば、醤油、味噌、豆腐に餡子《あんこ》、黄な粉《きなこ》などの豆製品を作ることができる。

さっきまでリセリッタ村のことやお餅のことを考えていたからかも。何にしても、ラッキーだよね。やっぱり餡子《あんこ》や黄な粉《きなこ》がないと、もち米の価値は半減だからね！

「なんかやたら疲れたし、もういいぜ。マスターには報告しておくから、さっさと帰って欲しいんだぜ」

まあ、帰りたいからいいんだけどさ、なんでため息つかれないといけないのかな。不本意だよ、色々と。

言いたいことは山ほどあるが、私は大人だからね！

とりあえず、もう戦闘モードの装備は不要なので、いつもの服に戻しておく。

何はともあれ、いいものをたくさん手に入れられて満足ですよ。

機嫌がよくなった私はベア子に送られて、家のリビングへと帰って来たのだった。

◆　◆　◆

……あれ？

リビングでは、森で別れた顔ぶれとヴィクター以外の同居人がお茶を飲んで寛《くつろ》いでいる。

ちょっと、家主を差し置いて何してんですか。って、よく見たらグリーまで！

「ん？　アリスたちは？」

見渡せど、先に我が家へ送られたはずのアリスやフェイルクラウトたちが見当たらない。

「スラヴィレートに暗示をかけられて、一足先に帰ったぞ」

お茶菓子を食べながらミネアが答えてくれる。

ぬ、それは私の秘蔵のお菓子じゃないか！

ぐるっと見回すと、さっと目を逸《そ》らした奴が。犯人はお前か。

「何してくれてんの、グリー」

「ぬう、申し訳ないです、母上。あまりに美味《おい》しそうだったので、つい」

もじもじと上目遣いで謝ってくる。

……なんで隠していたお菓子のことを知っていたのかは気になるが、可愛いからまあいいか。

これが蚊トンボなら、問答無用ではたき落とすところなんだが。可愛いって得だな。

「それにしても早かったわね。案内人がずいぶんと貴女《あなた》のこと怖がっていたけど、何をしたのかしら？」

楽しそうに笑いながらスラヴィレートに聞かれたが、私は首をひねるばかりだ。

「何もしてないよ！　ひどい目に遭《あ》ったのは私なんだけど」

「そうかしら？」

首を傾げながらも、それ以上は聞いてこない。きっと、スラヴィレートは全部知っているに違いない。

「そうだよ。で、皆にかけた暗示って大丈夫なものなの？」

ここにいる皆が落ち着いているので問題はないのだろうが。

一応聞いてみると、スラヴィレートは肩をすくめて小さくため息をついた。

「ええ、何か聞かれたり騒がれたりしても面倒だから、暗示をかけただけよ」

「ふうん」

嘘はついてなさそうである。

「では、そろそろ浮遊城を呼びましょうか」

何の脈絡もなくあっさり言われて、私が反応できずにいる間に、スラヴィレートがさっと手を振る。

「ほら、いくわよ」

促されて外に出ると、七つの魔法陣が輝いていた。

「貴女《あなた》はそこ、竜人族の少年はあっち。そこのエルフはここ。妖精はここ、ついでに竜の長はあっち、ドワーフの君はこっち。ニナリウィアはドワーフ君と一緒に立ってちょうだい」

オルトと、いつの間にか混じっていたヴィクターも手伝わされるようだ。

しばらく見ないうちに、痩せて別人のようになったヴィクターに驚きを隠せないよ。魔法人形にダイエットを手伝ってもらっていたけど、あのメイド人形、凄いなー。もし食べ過ぎて太ったときには、私もお世話になろうかしら。

どうやらヴィクターは部屋にこもっていたのにスラヴィレートに強制転移させられたらしく、真っ青な顔で今にも倒れそうである。だが、スラヴィレートの魔法により、気を失うこともできないようだ。なんて哀れを誘う姿……

「で、あとは呼ぶだけよ」

スラヴィレートが七つの魔法陣の真ん中にある陣に立ち、そう言った。

「……え、そういうもん？」

「だから、来てちょうだいって」

「呼ぶって？」


来てちょうだいって言ったら来るのか？　空飛ぶ城が。

頭の中を疑問が埋め尽くす。

「いいから、何も考えないでさっさと呼んでちょうだい。とくにリン、貴女《あなた》は核なのだから、しっかりと気持ちを込めて呼んでくれるかしら。貴女《あなた》の呼びかけが足りないと、いつになっても実体化は不可能よ」

ちょっとイラッとしたのか、スラヴィレートの口調がトゲトゲしくなっている。

「わ、わかった」

あまり彼女の機嫌を損ねるのは得策ではない。私は慌てて頷いた。

コイコイコイ、とひたすら念じる。

ホントにこれで来るのかなあ。端《はた》から見るとアヤシイ宗教みたいじゃない？

とか半信半疑でいたのだが、なんとホントに来た。

「マジかー」

ポカンと口を開けて空を見上げる。そんな間抜けな顔をしているのはもちろん、私だけではない。

みな、似たような顔をして中空に浮かぶ城を見ている。

「ほら、来たでしょ」

得意げに言われても。

ちなみに後で聞いた話だが、突然現れた浮遊城に王都は混乱し、あわや騎士団か魔術師団派遣かというところまでいったのだが、勇者フェイルクラウトがあることないこと話を作って収めてくれたそうだ。

一時騒然となった街中もアリスたちが協力して、なんとか静めたらしい。

いやあ、お世話になりました。いずれお礼するからね！

「さて、どうかしらね？」

スラヴィレートがすいっと空を翔んで浮遊城の中へ消えていく。

あとを追うべきか、否か。

どうしようかと迷っていたら、スラヴィレートが出てきた。

「無事だったわよ？　元の場所に戻しておいたから」

仕事が早いですね。さすが魔王というべきか。

「ホントに!?　助かった」

「うふふ、どういたしまして。お礼は貴女《あなた》の魂の欠片《かけら》でいいわよ？」

「えええぇ」

悪魔かい！　ムリムリムリムリ。魂とか欠片《かけら》でも取られたら死んじゃうんじゃないかしら。

首がちぎれるかと思うくらい振る私の前に、元の虎姿に戻ったグリーがやってきて、スラヴィレートを睨みつける。

「やあね、ちょっとしたオチャメな冗談じゃない。大人気ないわよ、グリー」

うん、八割本気だったよね？　明らかに本気だったよね。

「あ、そうそう。これあげるわ」

「へ？」

疑惑の目を向けていた私に、スラヴィレートが何かを投げて寄こした。

「……紅白餅？」

それはまさに、今回の事件（？）の発端ともいえる紅白餅だった。

「まだ使えるはずよ。広範囲を爆発に巻き込む武器なんだけど、一つだけ残ってたの。爆発の威力はそこまでないものの、ねばねばしたものが広がるから敵を生け捕りにもできると思うわ。わりと面白いわよ」

どうしよう。何から突っ込もうか。……じゃなくて。

「これがなんで浮遊城に？」

しかも武器認識。なんなのさ。

詳しく聞いてみると、どうやらこれ、スラヴィレートが昔作ったものらしい。

「昔出会った『来訪者』から、『ねばねばして、一度くっついたら取れない』とか、『ものすごく伸びて、うっかり絡まると危険』とか、『チンしたら爆発した』とか聞いたことがあるの。面白そうな武器だったから作ってみたのよ」

違う、色々間違ってる。

そうか、日本から来た『来訪者』たちの言葉を断片的に聞いて、お餅を食べ物ではなく、武器だと思ったわけね。

「でも、なんでそれがナセルの迷宮にあったの？」

「ああ、昔一つ落としたことがあったから、それが迷宮に紛れ込んだんじゃないかしら」

ナセルに向かったクリフ率いるパーティ「はみ出し者たち」の迷宮調査隊は完全に無駄足かい！

魔王って、はた迷惑な存在だなあ。悪気がない分、なおタチが悪いと思うよ。

「うーむ」

その勘違いの産物たる紅白餅で父親を失ったミネアは、難しい顔をして唸《うな》っている。

そりゃ、納得いかないよなあ……と思っていたら、意外とそうでもないようだ。

「理由がわかったので良かったのだが……」

それはまあね。私も餅が爆発するとか、何の冗談かと思ったからね。

「が？」

「私もその餅が欲しい」

え、食べるお餅じゃなくて、爆発するほう？

「面白そうだからな」

ミネアも大概特殊だよねえ。思考回路が。

「まあいいや、だったらこれあげるよ」

「いいのか？」

きらん、と瞳を輝かせたミネアは、実は武器マニアらしい。珍しい武器は形態にかかわらず収集してしまう癖があるんだとか。

「うん、私は食べられるお餅のほうがいい」

「では、遠慮なく貰おう」

どうぞどうぞ。

スラヴィレートにも確認を取って、武器のお餅はミネアに渡す。取り扱いには要注意だからね！

「ところで、私は役に立ったかしら？」

スラヴィレートがにっこりと素敵な笑顔をずいっと近づけて聞いてきたので、私はこくこくと頷いた。

「もちろんだよ、ありがとう」

「だったらお願いがあるのだけど」

最強の魔王様がお願い？　なんかやだなあ。無茶振りは勘弁して欲しい。

でも一応聞いてみる。……というより、断るという選択肢はなさそうだ。ちらっとグリーを見れば、なぜか諦めたような顔で首を横に振られたし。

「お願い……何でしょうか」

腰も引け気味で、それでもとりあえず聞いてみるのだった。

19 魔王様のお願い

「いや、ちょっと待って」

ドキドキしながらも聞こうと思ったが、その前に。

「何よ」

むっとした魔王様には悪いが、それでも確認せねばならないことがある。

「あのお城、ずっとこのまま?」

「ああ、あれ」

今思い出した、とばかりにスラヴィレートは腕を一振り。

すると、さっと浮遊城の姿が消える。

「「おおー」」

つい感心してしまったが、ただ空に急上昇しただけだった。すぐには実体化を解除できないのだとか。上空にあっても、スラヴィレートがいる限り害はないらしいので、まあいいか。

「ありがと。やっぱりずっとあのままだと、色々支障があるからね」

目撃した人々の間に混乱が広がり、騒動が起こる恐れがある。なるべく早くに隠してしまうのが得策だ。

「で、お願いって？」

仕切り直して、スラヴィレートと向き合う。

「そうそう。『月姫』を目覚めさせたいのだけれどね」

「『月姫』？」

それは私としても大歓迎。実の加工って負担にはならないんだけど面倒だし、つい忘れがちなんだよねえ。目が覚めるならそれに越したことはないよ。

「目覚めさせてくれるなら大歓迎だよ？」

ちなみに今は我が家にいます。ちらっと家を振り返る私。

我が家は私の留守中に増改築が繰り返され、今では王都にある大貴族様のお屋敷も霞《かす》むほどに大きくなってしまった。本当、いつの間に。

ともあれ、月姫を目覚めさせてくれるなら、願ったり叶ったりだ。

「あら、そう？」

嬉しそうに私の言葉に頷くスラヴィレートは、どうやら封印されている間、夢の中で月姫と出会ったらしい。月姫の夢を渡るユニークスキルで。

スラヴィレートが人間を気に入ることはとても珍しく、五百年に一人いるかいないかというレベルだそうだ。

そんな彼女は、月姫をいたく気に入っているようだ。「目覚めたら月姫で遊ぶのよ」と綺麗に笑う。

うん、月姫「と」じゃなくて、月姫「で」というところが魔王だよね！　別にいいけどね！

ともあれ、スラヴィレートが加工中のアリヴェリブの実を使って月姫を目覚めさせるのは、実は簡単なことなんだとか。

だったら勝手にどうぞ、と言いたいところだが、そうはうまくいかなかった。

「問題は、あの魔王と魔王崇拝組織よ」

もちろん、月姫が目覚めた後に魔王崇拝組織が何かしてきたら、すべてスラヴィレートが撃退するという。

「たかがヒトごときに、私のおもちゃを渡したりはしないわ」

おもちゃですか。気になるが、とりあえず今は置いておこう。

「いいこと？　何が面倒かっていえば魔王『夢見鳥』よ」

「夢見鳥」を目覚めさせるために、魔王崇拝組織はスラヴィレートに撃退されても諦めずに何度も月姫を狙ってくるだろう、とのこと。面倒極まりない。

いっそのこと魔王「夢見鳥」を滅ぼしてしまえばいいのだが、厄介なことに力だけは強く、スラヴィレートも元通り力が回復しないことには相手にしたくないんだとか。

「あいつ、性格がねちねちしていて暗いから、私はなるべく関わりたくないの」

「はあ」

とりあえず、なぜか先日魔王「夢見鳥」の封印が強まったので、この機会を利用して魔王へより強固な封印を施《ほどこ》すのと同時に、魔王崇拝組織にダメージを与えて活動を縮小させたい、というのがスラヴィレートの考えだそうだ。

月姫を目覚めさせるなら、ある程度対策を立てておかないと後が面倒でかなわない、と嘆く。

それだけ、月姫の持っているスキルは特殊で、使いどころがあるということなのだろうが。

「あの人間たち、ものすごく鬱陶《うっとう》しいのよ。多少手間がかかっても、一度叩いておいたほうがいいわ」

今ならいい手足が手に入ったし、と全く悪びれない顔で私たちを見る魔王様。使う気満々だなあ。

魔王崇拝組織は、どうやらグリーが封印される以前からこの大陸に根を張っていたらしい。スラヴィレートも、何度か彼らと出会っているようだ。アヤシイ新興宗教じゃなかったのか。それはそれで嫌だなあ。

「今、月姫と『夢見鳥』のリンクは一時的に途切れているけど、強引に彼女の目を覚ましたら、連動してアイツが起きてくる可能性が高いわ。だから、月姫と夢見鳥のリンクを完全に断ち切りたいの」

「わかった。どうすればいいのかな」

「貴女《あなた》は調薬のスキルを持っているのでしょう？　それもかなり高レベルの。ベア子が言っていたわ。あり得ないくらいだって」

これぞチートってやつだからね！　今まで活躍の場がなかったチートスキルが、ここにきて大活躍だな！

「すぐには難しいでしょうけれど、なるべく早く、グレアーという魔物から作れる銘酒『ヘビ殺し』と、鱗《うろこ》の中でも一番柔らかい『逆鱗《げきりん》』を手に入れてきて欲しいの。そうしたら、あとは私が何とかするわ」

グレアーって聞いたことが……ああ、歓楽街のヘビだあ。

「もうすぐうちの庭でヘビ牧場造るから、問題なく手に入るよ」

「ヘビ牧場？」

「そうそう、うちでグレアー飼うの。飼育員にもちゃんと交渉済みだよ？　野生でなくてもいいんでしょう」

「ええ、もちろん飼育したヘビでも構わないけれど……あれって飼育できるものなの？」

「うん、飼ってたよ」

スラヴィレートは少し驚きながらも、「私が封印されている間に人間たちが手懐《てなづ》けたのかしら」

と呟いていた。まあ、そういうわけじゃないんだけどね。

「ともかく、頑張ってグレアーの素材を手に入れてちょうだい。期待しているわ」

「わかった」

まあ、スラヴィレートにも今回はお世話になったからね。それくらい全然問題ない。

私は快く頷き、その反応に満足したらしいスラヴィレートが私たちに手を振ってくる。

「いい返事ね。期待して待っているわ」

「んじゃ、そういうことで……あれ、もしかしてメーティル地方まで行くには、転移石使わないとダメ？」

もったいないな～と考えていると、スラヴィレートから「送ってあげるわ」というありがたい一言が。

「え、ほんと!?」

顔を上げたら、そこはもうイタチョーの店の前でした。仕事早っ！

店の前でちょうど打ち水をしていたイタチョーが、突然現れた私たちを見て目を丸くしたのだった。

◆　◆　◆

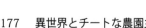

結局、再びロウス皇国を訪れたのは、私、グリースロウ、ミネア、ヴェゼル、オルト、蚊トンボにメル、ついでにヴィクターも巻き込まれた。

ちなみにメロウズは、いまだ果樹園で平和にお昼寝中らしい。うん、自由すぎてびっくりするわ。

イタチョーにリセリッタ村が元に戻ったと事情を話すと、彼も仕事を早上がりして一緒に見に行くことになった。

「よかった。さすがに村一つ消えた時は驚いたぜ。やっぱり異世界ってのは怖いとこだな」

いや、私も驚きましたけどね。そんな「海外旅行は怖いねえ」みたいなノリで言われてもな。

異世界に来たときは混乱したとか言ってたけど、イタチョーって順応早いよね。

そして意外におしゃべりだ。リセリッタ村までの短い道中で、どれだけしゃべるんだ、って思うくらい話しまくる。主に日本のことと、娘さんの話だが。

「あー、そうだね。あ、そういえば大豆《だいず》とか小豆《あずき》とかたくさん手に入ったけど、いる？」

「な、なんだと!?」

それはお宝の山！　と目を輝かせて食いつくイタチョー。

「……なんなん？『来訪者』ってわけわからんな」

ふはははは、ソウルフードをやっとのことで手に入れた私たちの気持ちなど、蚊トンボにはわかるまい！　……ただ食いしん坊なだけではないのよ。

「分けてもらえるのか？」

「もちろん！」

「助かる。これで醬油も味噌も仕込み放題だな」

ほくほく顔で、イタチョーは豆でできるものに思いを馳《は》せているようだ。

彼の呟きは調味料から始まって、黄《き》な粉《こ》、餡子《あんこ》はもちろん、豆腐や豆乳にまで及んだ。さらには、こちらの料理にどう合わせるかと難しい顔をして考え込んでいた。

さすが料理人。豆と聞いただけで思考が止まらないらしい。

確かに、こっちの世界には日本にあるような豆ってないよね。なんかフニフニの変わった豆とかあるけどさ。こう、小豆《あずき》や大豆《だいず》とはちょっと違うなあ。あ、でもモロッコ豆みたいなのはあったかな。

イタチョーもいくつか植えて収穫したそうだけど、やっぱり慣れ親しんだものが一番ってことなんだろう。

「お、着いたぞ」

イタチョーが立ち止まって指差した先には、確かに小さいが村があった。

「あら、でも全然人の姿がないわよ？」

メルが可愛らしく首を傾げる。

「ホンマやなあ。人の気配はあるんやけどな」

「ふむ、寝ているのではないか」

「でも～ミネアさん～、まだ～昼前ですよう～」

「外に出るのが億劫《おっくう》なだけでは？　怠け者だな」

少年姿のグリーが、特に興味はないが出迎えくらいしろ、と鋭い視線を村の中に向ける。

「それはやはり、浮遊城に攫《さら》われた影響ではないのか？　皆、家に隠れているんだろう」

なぜか竜のオルトが一番まともなこと言ってるような気がするよ。

「と、とりあえず行ってみようよ」

ヴィクターがこそこそ皆の後ろに隠れながらもそう言ったので、私たちはそれもそうだと村に足を踏み入れることにした。村の入り口であれこれ言っていても、どうにもならないからね！

こうして私は、とうとうリセリッタ村へ入ることができたのだった。

待っていろ、お米の苗よ！

20　苗を手に入れた！

リセリッタ村には、かつて田舎で見たような、のどかな田園風景が広がっていた。ぽつぽつと家があり、集落の周りには水田が広がっている。

「ふわあ」

「何となく懐かしく感じるだろ？　この風景があったからこそ、俺の混乱がすぐに収まったのかもな」

都会育ちの私でも、確かに懐かしく感じる。イタチョーは米どころの出身だというから、なおさらだろう。

「とりあえず村長さんの家に行こうか」

イタチョーが一際《ひときわ》立派な……と言っても、他の家より一回り大きいだけの木造の平屋に案内してくれた。

「村長、俺です、イタチョーです！」

どんどん、と扉が壊れそうな勢いで叩くイタチョー。

「壊れるから普通に叩いて欲しいと、何度言ったらわかってくれるのかのう」

そこまで広くないから聞こえるぞい、と村長が顔を出す。

「すみません、力が強いもんで」

「まあええ、本物のようだしの。入るとええ」

ちらちらと私たちを見て、さらに後ろの方を覗《のぞ》き込み、手招きしてくれる。

「早くお入り。奴らが来るやもしれんからの」

招き入れてくれた村長さんによると、浮遊城の結界内にいた間、低級精霊たちに狙われていたらしい。なぜか元の世界に戻って来られたようだが、これも精霊のまやかしかもしれない、と村人たちは家の中にこもっているのだそうだ。

村長さんにもう大丈夫だと告げると、しばらくぽかんとしていた。

けれど、事態を理解すると皆に知らせねばと私たちを放置して、そそくさと家の外へ駆け出して行った。老人なのに速いなあ。

しばらく待っていたら、やがて疲れてはいるが、晴れ晴れとした表情の村長さんが帰ってきた。

「すまんかったの。いい知らせを持ってきてくれたのに、ほったらかしにしてしまったの」

喜びにあふれた顔で、村長が頭を下げる。

まあね、精霊に狙われるとか怖いもんね。たとえ一週間だって、よくもったと言いたいよ。私なんか一日だって無理だと思う。神経が参ってしまいそうだ。

「それで、わしらは村を救ってくださった皆さんにどのような御礼をすればいいのかの」

「苗、苗、お米の苗が欲しいです！」

「な、何事かの⁉　近い、近いぞ、お嬢さんや」

ずずいっと迫った私に村長さんが目を白黒させている。

そんな私を引き戻したのはオルトだ。

「落ち着け、リン」

「そうや、お嬢。いくらなんでも興奮しすぎや」

「リンがここまで興奮しているところは、なかなか見られないわねえ」

「ななな、なんでそこまで興奮できるかな」

メルとヴィクターも呆れ顔で、オルトに押さえ込まれた私を見ていた。

グリーはあまり興味がないようだ。大きなあくびをしている。オルトたちがいるし、村の中なので心配はないと判断したのだろう。

「だってお米が作れるんだよ？　もち米もだよ？　興奮するでしょう」

「そんな無表情で、興奮しているのか？」

疑わしい目つきでイタチョーがじっと見てくるが、そんなことはどうでもいい。

「確かに表情はないの」

村長さんはそう言いつつも、「だが熱意は伝わってくる」と、にこにこ笑った。

「元々、コメ……というのかの。あの植物を育てていたのはワシでの。イタチョーに熱望された時には本当にうれしかった。しかも、美味《おい》しく調理までしてくれての」

ほほほほほ、と髭《ひげ》を撫《な》でつつ笑う村長さん。

私だって、イタチョーに負けないくらい熱意ありますよ。ぜひください。

「そんなもので御礼になるかはわからんがの、苗を渡すのは構わんよ」

御礼になりますとも。そのためにリセリッタ村を救ったといっても過言ではないのだから。

うきうきと期待する私を、村長さんが水田まで連れ出してくれる。

「ここがワシの水田だ。もち米もあるからの。苗が欲しければやるぞい」

「うおおおお」

感動です！

ついにお米を我が農園でも栽培できる時がきたのだ。

しかも何種類かあるよ？　帰ったら早速水田を用意しなくては！

「……本当に感動しとるのかの。表情とセリフが全く合ってないの」

くっ、認めてくれたと思った村長さんまで……。いいよ、もう。なんか色々諦めたよ。

「では、この苗床の苗、それに……」

村長さんと相談して、貰う苗を決める。

その後ろでオルトとメルが、ちょぼちょぼ家から出てきた村人に、真剣な顔でお米の栽培方法を聞いていた。

完全に農家のおっちゃんと化してるよ、オルト。メルも真剣だなあ。皆農業の楽しさにはまってしまったのかい。

スレイもここにいたら、間違いなく熱心に聞くだろうと思えるし。私の周りには農業に目覚めたヒトが多いな。

ちなみに、グリー、蚊トンボ、ヴィクターは本当に興味ないらしく、そこいらの草地でごろごろしている。ヴェゼル少年はといえば、母にお土産だと花を摘んでいた。

イタチョーは私と一緒に苗を選んでいる。

「よし、それじゃあ今言った苗でよろしく！」

「任せておくのだの。次に来るときまでに大量に用意しておくのだの」

村長さんの眩《まぶ》しい笑顔に私なりの笑みを返しながら、苗を植えるときにはスレイにも手伝わせよう、と心に決める。

ともあれ、苗は手に入ったも同然。

「よし、みんな、帰るよ！」

私は村長さんにお礼を言うと、号令をかけた。

「いやいやいや、本当にそんなものでいいのかの？　いくらか村で募って支払いをさせてもらおうかと……」

少し待って欲しい、と慌てて止める村長さんであるが、止めてくれるな！

「いいですか！　私は今から帰って水田の用意をしないと。あと小人も回収して、ヘビ牧場も造らないといけないの！　お金とかいいから、いらないから！　苗の価値はプライスレス、問題ないよ！」

「へ、ヘビ？　金はいらないのかの？」

「いらない！　それより農園の整備が大問題。だから帰らないといけないの」

「村長、帰らせてやってくれ。彼女にとっては農園が何より大事なんだろう」

戸惑っている村長さんを見かねたのか、横からイタチョーが口添えしてくれる。それもあって、村長さんは納得してくれた。

「わ、わかった。我が村もそこまで裕福ではないのでの、助かるわい」

「じゃ、そういうことで！」

さっと手を上げると、イタチョーを攫《さら》うように連れて帰る。

行きの二倍の速さで街へと帰りついた私は、イタチョーにお礼を言うと店の前に置き去りにし、颯爽《さっそう》と歓楽街へ向かう。

「あ、ああ、嵐のようだな」

呆然としたイタチョーが何かを呟いていたが、残念ながら私の耳には届かなかった。

◆　◆　◆

「用意はできたのかな、ヤーディアー」

「おお、待っておったぞ」

見覚えのある小屋の前まで来ると、相変わらず声だけ聞こえた。小さすぎて全然見えない。

「今、小屋を畳むから待っておれ」

小屋を畳む？

「ほれ」

キラキラと小屋の周りが輝いたと思ったら、小屋が忽然《こつぜん》と消えた。

「「は？」」

目が点になる私たち。一体何が起こったのか。

「亜空間魔法の一種だな。魔法というより、これはユニークスキルか」

「なかなか面白いスキルだ」

オルトとグリーは、瞬時に小人が使った魔法の正体を見抜いたようだ。さすがである。

基本、私にはゲームの魔法やスキルの知識しかないからねえ。こういう見たことのない魔法はわからないんだよな。別にわからなくても問題はないけど、こうして目の前で使われると面白いよね！

……とか思っていると、横でヴェゼルも目を輝かせていた。

「いいですね～僕にも～こんな便利な～スキルが～あったらな～」

ヴェゼルのスキルは意味不明なものばかりだからな。面白いけど。とりあえずスキル玉を作るのを将来の職業にするのは、やめたほうがいいと思う。

「さて行こうか」

「その前に大きくなってくれない？」

私の頼みに、ヤーディアーは眉をひそめる。

「む、なぜだ」

「見えないと移動に不便だからだよ！」

蚊トンボやメルより小さいとか、意味わからんわ。

「問題ない、そこの蚊」

「蚊!?」

「む、違ったのか？　前にそこの娘が蚊がどうのと言っていたように思うが」

うん、確かに。別に間違っちゃいないよ？

「おかしいやろ、間違いしかないわ！」

なにやら喚《わめ》いている蚊トンボ。そうかな？

「ふむ、どうでもいいが、とにかくそこの蚊。背中に乗せてくれ」

「どうでもよくないわ！　なんであっしがそんなことせにゃならんのや」

「いくらなんでも、そちらの可愛らしいお嬢さんには頼めんだろう」

「まあ、可愛いだなんて。正直な小人さんね。セイルーナはすごくかっこいいけど、やっぱり男性ですものね」

背中に乗せて欲しいなんて、か弱い女性に頼むわけにはいかないわよね、とメルティーナが照れ笑いをする。

「すごくかっこいい〜？　セイルーナって〜誰ですか〜」

純真な君の視線が痛いよ、少年。

「蚊トンボのことだよ」

「……妖精とは～一生～わかり合えないと～悟りました～」

妖精の国でスキル玉が売れないのは感性の違いのせいかな、と悩むヴェゼル少年。

妖精とわかり合えないところは同意するが、スキル玉が売れないのは単に付加された変なスキルのせいだから。そこ、勘違いしないように。

何やらいらんことで悩み始めたヴェゼル少年は放っておいて、蚊トンボにヤーディアーを乗せるように頼むことにする。

「よろしく」

「え、なんでなん？　っていうかそれ、決定事項なん」

「だって、そのほうが速いし」

「大きくなったらええやん」

「そうすると小屋にかけたスキルまで解けて引っ越しできんのだ」

ごちゃごちゃ言わずにさっさとしろ、とヤーディアーに怒られ、渋々地面に降りる蚊トンボ。

「おかしい、あっしがこんなにないがしろにされるやなんて。フェディのところに帰ろかな」

フェディというのは、妖精国の女王で蚊トンボの奥さんであるフェデルティィーナのことだ。

ぶつぶつ言いつつ、ヤーディアーを背中に乗せて上昇する蚊トンボ。何やらよろよろしているが。

「お、重い⁉　なんや、あり得んくらい重たいで」

おーちーるーと言いながら、なんとか空中に浮いている。

「仕方がないな。これだから役立たずの妖精は……」

見かねたグリーが、ヤーディアーに重量軽減の魔法をかけて蚊トンボの負担を軽くする。

「おお、助かるわ、魔王様。ゆうたって、あっしが妖精国に帰ることはまだないけどな」

にしししと笑う蚊トンボに、ちっと舌打ちする少年姿のグリー。意外と仲いいよね、二人とも。

ともあれ、こうして私たちは小人とヘビを手に入れ、農園へと帰りついたのだった。

21　ヘビ牧場を造ろう

農園に帰ってまずすることといえば、もちろんヘビ牧場を造ることだ。

思い描いていた牧場とは違うが、夢の牧場経営である。力が入るのも当然といえよう。

というわけで。

「広さはどれくらい必要なの？」

着いてそうそう、庭先で大きくなってもらったヤーディアーに、早速聞いてみる。

「む、ちいと休ませんか！　年寄りは労《いたわ》るもんだぞ」

……ぜんぜん年寄りって感じじゃないけど、言われてみればそうかも？　っていうか年寄りなんだ。

聞いたら、言葉のあやだと怒られた。

「そうか。だったらお茶しようか」

せっかくイタチョーに美味《おい》しい金時豆を作ってもらったし。

そんなわけで、皆でリビングに移動。

ちなみに、ミネアやヴェゼルとは農園の入り口で別れ、二人とも自分の家に帰っていった。

お湯を沸かし、お茶の準備をする。お茶請けの金時豆も忘れずに。

「なんだ、これ」

「豆？」

「母上、豆はお菓子ではないですよ」

「ないやろ」

「お菓子は美味《おい》しいのがいいと思うの。甘いと最高なのよ」

なぜだ。出しただけで非難ゴウゴウだ。

ヤーディアー、オルト、グリー、蚊トンボ、メルが、金時豆を覗《のぞ》き込んで首を傾げている。ヴィクターは少し離れたところから、無言で豆を見つめていた。

「もう、金時豆は甘いから大丈夫だよ！　玉露《ぎょくろ》とか抹茶に合うんだよ」

確かにお菓子ではないが。食べてから言って欲しいよね！

アイテムボックスにしまいこまれていた抹茶を取り出し、人数分点《た》てていく。

はははは、【料理】スキルの補正があってよかったわ！　これってお茶淹《い》れる時にも効果あるのね。お茶など点《た》てたことはなかったが、なかなか様《さま》になった。そして美味《おい》しくできました。

「あら、美味《おい》しいわ。確かにお豆甘いわね」

「あちっ、あちっ、に、苦いで!?　苦すぎやで！」

「なかなかよい渋みだな。甘い豆と確かに合う」

「ほほう、嬢ちゃんいいもの飲んどるの」

「ぼぼぼぼぼ、僕は苦いのは、ちょちょちょ、ちょっと」

一部の人には抹茶が不評であったが、おおむね高評価で満足です。蚊トンボはひたすら豆を食べまくってるし。

「さて、それで牧場についてだがな……」

食べ終わったところでヤーディアーが切り出した。けれど、なぜだか非常に言いにくそうである。

「うん、うん」

設備投資だって惜しまないよ！　だから必要なものはどんどん言ってね！

遠慮はいらないわ、と思っていると、予想外の要求がきた。

「とりあえず、広さが必要だな」

「……？　広さなら十分にあると思うけど」

いまだ敷地の大半は荒れ地も同然だ。農園はかなり広くなったのだが、それでも敷地の広さが半端ないため使いきれていない。

「うむ。実のところ、この屋敷の三倍の敷地が必要なのだが」

「はあ？」

いや、用意はできるよ？　できるんだけど、コニッシュの街で見た小屋なんて、目測ではこの屋敷の二割程度だったような気が。

「あの小屋、そんなに大きくなかったよね？」

「うむ、あの辺りでは、敷地が用意できんでな」

……まあ、歓楽街だからね。

「大きく育てたかったが、そうもいかんかったのだ」

本来、グレアーは育てば育つほど肉も柔らかく、美味《おい》しくなるらしい。でもって、漬け込むヘビ酒もまた、年月を経たやつのほうが良いものが作れるのだとか。

もちろん、ドロップアイテムたる木材なども、本当は何年も生きたグレアーからのほうが良いものが取れる。

「なら、なんで半年程度で処分してしまうの？」

「もちろん理由があるぞ。まず、第一にグレアーは半年以上育つと強くなりすぎて狩るのが難しい。第二に、半年経ってからは一気に大きくなるので、あの場所では育てられん。それに年月を経るごとに木材の質は向上するが、残念ながら加工できる職人がおらん」

「はあ」

聞けば納得である。

しかし、肉を食べたり酒を作ったりするなら、なるべく自然のまま大きくするのが一番なんだとか。食べ頃は五年ものらしい。歓楽街で育てたものの寿命はせいぜい四年くらいだが、自然に育つと十～二十年は生きるのだという。

ちなみに、今彼が育てているヘビは一年ものだが、これから魔王の気をほどよく吸収させれば、まだ野生と遜色《そんしょく》ないレベルまで育てることが可能だとか。

確かに、私の農園ならすべての条件を揃えられるだろう。しかし、疑問が残る。

「あれ？　でも、一年ものって今の話からするとかなりの大きさだよね。そんなに大きかったかな」

思い返してみるが、小屋自体そこまで大きくなかったし、中にいたヘビの大きさも小屋の半分もなかったような？

「そりゃ、亜空間系統のスキルを駆使した結果だな」

「ああ」

納得だ。そういえば、さっき引っ越す時にも使ってたもんね。

便利そうだから、ちょっと欲しいわあ。どうやら種族固有のユニークスキルらしいんだけどね。

さすがは幻の種族。ポテンシャルが高い。

「でもまあ、敷地だけは広いから用意は簡単だよ」

場所を決めたら、あとは囲いを作って……目隠しの結界も必要だね。農園の外から巨大なヘビさんが見えたら、騒ぎになることうけあいです。

ぶっちゃけ、なんで浮遊城の騒ぎがそこまで大きくならなかったのかと驚いたくらいだし。

「ほほう、さすがだな。まあ、目隠しは任せい。そういう系統のスキルはいくつか持っておる」

「わかった。他に必要なものある？」

「そうだな、あとはデッキブラシだな」

さらに意外な要求がきた。

「なんでデッキブラシ？」

「定期的に掃除せんと鱗《うろこ》に苔《こけ》が生えるからな」

「……一応魔物だよね？」

「うむ、そうだが」

「……まあ、いいけど」

何を当たり前のことを、とばかりにあっさり頷かれた。

なんだか疲れた気分で話を元に戻す。

「でも、デッキブラシとかそこらの道具屋に売ってるよね」

買えばいいじゃないかと考えた私に、呆れたような目を向けるヤーディアー。

「あっさり買えるもので事足りるなら、わざわざ言わんわ。鍛冶屋に特注する必要があるのだ」

鍛冶屋特注のデッキブラシなんて初めて聞いたわ！

異世界の謎は深まるばかりだな、とか思っていたら、当の鍛冶屋であるヴィクターもポカンとしている。あれ？

私が視線を向けると、ブンブンと音が鳴りそうな勢いで首を振るヴィクター。ヤーディアーもそれに気づいたようで、苦笑する。

「グレアー自体、珍しい魔物だからな。あの歓楽街でだって、グレアーの存在を知っていたのはわずかだ」

「そうなの？」

「ああ、ヘビが苦手ってヒトは多いし、あの大きさだからな。見ただけで気絶するヤツもいる。飼育を始めたばかりの頃、グレアーを見て倒れたヤツがあまりに多くてな。仕方なしに存在自体隠すことにしたってわけだ」

苦労したぞ、としみじみするヤーディアー。

でも、そこまでするんだったら飼育を断念すればよかったのでは。

そんな疑問を口にしてみたら、驚きの答えが返ってきた。

当時、街は不況に陥っており、このヘビ育成事業に経済の復活をかけていたらしい。

「そこまで!?」

「うむ」

ヤーディアーの表情からして、相当ヤバかったようだ。持ち直してなによりです。

「わ、わかった。とにかくデッキブラシね」

ヤーディアーの話が昔の思い出からリオールや弟皇子のことにまで及び始めたので、多少強引に話題を戻す私。

「そこにいるドワーフはこの辺りで一番腕がいい鍛冶師だから、詳しいことは二人で相談してくれない？」

私が言うと、なぜだかヴィクターから抗議が。

「むむむ、ムリだよ！　ぼぼぼぼ、僕に知らないヒトと話せなんて」

えー。いや、いい加減打ち合わせくらいできるようになろうよ、ヴィクター。もういい大人なんだしさあ。

仕方がないので、二人のやりとりに魔法人形のメイド「まつ」を挟むことで双方納得してもらう。

「大丈夫かいな、この鍛冶師」

心配そうなヤーディアー。その気持ち、わかります。

他には特別必要なものはないとのことで、早速牧場の土地を割り振るために外に出ることにしたのだが。

「おお、そうだ」

思い出した、とヤーディアーが手を叩く。

「魔王はどのくらいの強さのが封印されているのだ？　それによって育成期間なんかも変わってくるんだがな」

「魔王？　あそこで三杯目の抹茶を飲みながらひたすら豆を食べているのが魔王グリースロウで、裏の森にログハウス建ててひたすら寝てるのが魔王スラヴィレートだよ」

「……最強とも言われる魔王が二体⁉　嬢ちゃん、何者だ」

絶句したあとに、絞り出すような声でそう聞かれたのだが。質問する意味がわからないな。私が何者かなんて、考えなくてもわかるじゃないか。

「？　決まってるじゃない。私は、しがない農園主だよ」

22　牧場のあとは水田も造ろう

私の返事に呆然と立ち尽くしているヤーディアーはひとまず置いといて。

外に出てオルトとメルに相談する。最近、勝手に農園広げると怒るんだよねえ、二人とも。ヒトの家は勝手に増築するくせに、ひどくない？　っていうか、農園だって元々は私の土地なのに。

「やっぱり牧場は家の裏がいいよね」

「ふむ、そうだな。どちらの魔王をエサにするかはわからんが」

エサってオルトさんや。

「そうね～、家の裏なら色々いいかもね～」

魔王を怒らせそうなオルトの発言は華麗にスルーして、メルも賛成だと頷く。

裏の土地なら、そこまで大層な目隠しをしなくても家（というより屋敷）で隠せそうだしね――とか考えていた時期が私にもありました。

囲いには、ヤーディアー手持ちの丈夫さに定評のある木材を使用。

囲いの加工は、私の土魔法と【伐採】スキルの合わせ技で完璧である。しかも速い。【採取】スキルとか【伐採】スキルって、レベル上がると意外にお役立ちなんだよねえ。

「相変わらずあり得ないわね、色々と」

「いやいやメルさんや、レベルを上げたら誰だって」

「そうね～ってそんなわけないでしょ！　普通はそこまでレベル上げられないから」

なぜそんな憐《あわ》れむような顔をするんですかね。別に英才教育とか、無理矢理やらされたわけじゃないから。確かに魔物倒してレベリングしたことはあるけど、所詮《しょせん》ゲームだから。……なんかすみません。ズルはしてないものの、この世界の人に比べると楽してるよね。

ともあれ、ヘビ牧場造りはさくさく進んで二日で終わった。

三日目の朝、オルトとメルと私はヘビの飼育係にお披露目しようと牧場前に集合。

そこにヤーディアーを連れてきたら、なんか諦めたような顔をされたよ。

「ぬぬぬぬ、これはまた常識外れにも程があるな。この規模を、ここまで短時間で……。我らの種族よりも非常識なヤツを見たのは初めてだ」

「……それって、褒め言葉？」

「別に褒めとらんわ」

あ、そうですか。

しかして牧場はヤーディアーのお眼鏡に適《かな》ったらしく、彼は嬉しそうにヘビ小屋を取り出し、大きくする。

今までは引っ越し時の小さいサイズのまま、ヤーディアーの部屋の隅にあったのだ。

「ずっと小さいままなら誰にも迷惑かからないし、別にサイズ変えなくてよくない？」って聞いたら、小さい形態を維持するのに常時ものすごく魔力を使うらしい。

亜空間に入れたまま、あと一月《ひとつき》も経てば、肉は不味《まず》くなるし鱗《うろこ》も艶《つや》がなくなり、狩っても木材をドロップしなくなるのだとか。どういう仕組みなんだ、一体。

「さて、段々嬢ちゃんの非常識さにも慣れてきたわい」

ぶつぶつ言いながら、小屋からヘビを出すヤーディアー。

……ん？

ないわ～、これはないわ～。

小屋から出てきたヘビを見た私は、その言葉しか頭に浮かばなかった。

「お、大きいな」

「大きいわね」

「なんや、このふざけた大きさは！」

さすがのオルトとメルも、思わずといった感じで後ろに数歩下がった。

いつの間にか側《そば》にいた蚊トンボもぷりぷり怒っている。私の後ろに隠れながら。

おい、妖精王。言いたいことは前に出て言ってくれる？

「ほほう、これは珍しい」

久しぶりに起きてきたメロウズは、なぜか嬉しそうだ。

ちなみに、グリーはこの場にいない。魔王が目の前にいるとさすがにヘビが怖がるから、牧場には近づかないように、と言ったら、ふてくされてしまった。

今は怒りのままに、ヴィクターやメイド人形と一緒にお菓子作りをしている。グリーは私以外には素《そ》っ気《け》ないけど、あれでいてヴィクターを気に入ってるのね。ヴィクター、ファイト！

「それにしても、あのヘビ大きすぎない？　明らかに小屋の四倍はあるよねえ」

高さだけでいえば、とぐろを巻いているくせに屋敷の倍はありますよ。全く隠れてないんだけど。

むしろ、屋敷を一呑《ひとの》みされそうなシチュエーションだよ。今ここにフェイルクラウトが来たら、あ

のヘビは間違いなく退治されるだろう。

よくもまあ、ここまで育てたなあ。

「大人のグレアーってすごいね」

「何を言っとるか。これはまだ子供だぞ」

じっくりとヘビの偉容《いよう》を見ていると、ヤーディアーから爆弾発言が。

子供ですと？　この大きさでか。

「まあ、心配するな。これ以上大きくなることはないからな」

「はあ？　だってまだ子供なんでしょ」

「ああ、いまだ成長中だ」

「だったら、まだ大きくなるんじゃない？」

「いや、それがこの魔物の不可思議なところでな。ここまで大きくなると、あとは縮むんだ」

「ナニソレ。常識とか理《ことわり》って言葉、知ってる？」

「ははは、グレアーもお前さんには言われたくないだろうよ」

どういう意味だ、おっさん。豪快に笑えばいいってもんでもないからね。

「くっ、いいってことにしとくよ。じゃあ、牧場はこれで完成ね」

お肉とお酒の誘惑に負けてヤーディアーを勧誘したのは私なので、文句は言えない。

その後の話し合いで、メロウズは牧場の手伝いをすることになった。

さすがに毎日ハンモックで寝ているのに飽きたのか。いいことだね！　少しは働けよ、たとえ強大な力を持つブラックドラゴンだって、私の農園にいる限りは働かざるもの食うべからず、なのだ。頑張れー。

こうして、ヘビ牧場は一応完成したのであった。

◆　◆　◆

牧場の手入れに取り掛かったヤーディアーを放置して、私たちは一旦家に戻りお茶を飲みながら次の課題を協議する。メンバーはオルトとメルである。

水田は家の西側に作りたい。なぜなら、近くを小さいながら川が流れているからだ。

ここ一年ほど観察していたが、なかなか水量があり、雨量が決して多くない時でも水がなくなることはなかった。

「そうね〜。コメは水が豊富に必要な作物だって話だし、いいんじゃないかしら」

「うむ、水が足りなくとも我らでなんとかできるが、できれば自然のままがいいからな」

うん、農家さん的発言をありがとう。

ちなみに、蚊トンボはまた消えました。あの蚊、姿が見えないときには何してんのかね。どうでもいいけど。

てなわけで水田の位置は決まったのだが、早速問題発生。

お茶を飲みながら米作りの計画を立てていたら、訪問者が現れたのだ。

「……川の水がない？」

今、まさにその話をしてましたよ？　ロウス皇国に行く前に見た時には、特に異常はなかったと思うけど。

訪ねてきたのは、意外にもラグナ少年だった。なぜかフェリクスもいる。

「そうだ。だから、調査に協力して欲しい」

「だからの意味がわからないよ。なんで私たちが協力する必要があるの」

水田のことがあるから、協力するのにやぶさかではないがね。

「え、だって水源はお前の土地だろ」

「え」

そうなの？

疑問符を顔にくっつけてフェリクスを見ると、見慣れた柔和な笑みで頷かれた。

「知らなかったのか？」

ラグナ少年に聞かれて、ちょっと考えてみる。

「今知った」

土地の境界には結界石を置いてあるけど、敷地を全部詳しく調べてはいないなあ。広いしさあ。言い訳させてもらえるなら、今使ってる部分だけでわりといっぱいいっぱいだったのよ。

「自分の土地だろ。キチンと把握しておけよ」

確かにラグナ少年の言う通りですね。面目《めんぼく》ない。

しかし脳筋に諭《さと》されるとは。正論には違いないのだが、なんか釈然としないな。

「リンはのんびり屋さんだからねえ」

フェリクスにまで言われてしまった。そうかな？

じっとラグナを見ると、顔を赤くして目を逸《そ》らされる。おや、照れ屋さんだねえ、少年よ。

とか、おばさん根性丸出しでむふふと笑っていると、横でフェリクスが「リンは小悪魔だねえ」と呟くのが聞こえた。どういう意味ですかね。

「はあ、まあいい。とにかく水源がリンの土地にあるから、一緒に調査に行って欲しいんだ。人の土地を勝手に調べ回るわけにはいかないからな」

ため息をつき、川のある方に目を向けるラグナ少年。

理由はわかった。だがしかし。

「なんでラグナとフェリクスが。これって騎士団の仕事なの？」

そもそも、フェリクスはただの商人だよね。繋がりがよくわからないなあ。

「もちろん騎士団の仕事ではない。今日は休暇を取ってきたんだ」

「へえ」

だからどうして。

「ラグナ君。それじゃわからないよ。彼の実家が学校を経営していることは知っているかな、リン」

「ああ、なんかそんな話はアリスに聞いたかな」

あんまり興味なかったので、聞き流していましたが。

「ラウロ家が経営している学園では、主に海産物の研究をしている」

「海産物？」

うーん、そういえば、学園とか養殖とかアリスが言っていたような。

この国は内陸にあるため、海産物を食べる習慣はほぼない。川はあるが、川魚も危険なものが多く、あまり食べることはないと聞く。金持ちは時折、大枚をはたいて新鮮な海産物を取り寄せるらしいのだが。私もお魚食べたい。美味《おい》しいお魚食べたい。

「そう。海にはなかなか興味深い生き物や素材が多くてね。新しい薬の材料や、武器、防具の開発に役立てているんだ。そのための研究機関なんだよ。国も出資しているし、王国の国民なら身分を問わず入学できる」

「それはすごいね」

フェリクスの話によれば、やはり魚の養殖なんかもしているらしい。

養殖か、うちでもできないかな。もしかすると、ラグナ少年に融通してもらえればできるかも？　そしたら新鮮なお魚が食べ放題に!?　お刺身も!?

なんとも魅力的な話だな。これは検討の価値がある。

「リン、何を考えているんだい」

夢の世界に意識が飛んでいた私は、苦笑して聞いてくるフェリクスの声にハッとした。

「えー、うちでもお魚育てたいなあ、と思って」

「魚？　どうせ養殖するなら、貝からできる宝石とかのほうがいいんじゃないか。なかなか美しい石も多いぞ」

ラグナ少年の言葉に私は即座に首を振る。

「何言ってるの？　養殖するなら美味《おい》しいお魚に決まってるでしょ。宝石なんて、食べられないじゃない」

「そこなのか？」

当り前じゃないか。

まあ、宝石だって色々役には立つよ。薬の素材とかね。でも、あえて養殖するほどではない。代用がきくものも多いし、必要なら養殖するより買ったほうが早いもん。

それを説明したら二人に変な顔をされた。

「リン、それは女の子としてどうかと思うよ」

「宝石の魅力って、そこじゃないだろ。違うよな」

そうかな。至極まっとうな意見だと思うけど。なんでフェリクスまでそんなかわいそうな子を見るような目をするのか。ひどくない？

「ごめんごめん、話が逸《そ》れてしまったね」

笑いながら話を元に戻すフェリクス。

「つまり、その養殖に必要な水を、ここの川から引いてたんだよ。川の水に色々手を加えて、海水に近くしているんだ。ここの水質が一番加工しやすく、養殖に向いているらしくてね。他ではダメなんだって」

「そうだったのかあ」

自分の土地にあったのに全然知らなかったよ。

「そういうわけだ」

うんうんと頷くラグナ。自分の問題なのに、説明を全部フェリクスにお任せしたな。

「だから、この川が涸《か》れた理由を突き止めてくるようにと、ラグナ君がお兄さんたちに言われてきたんだよ」

「兄上たちはお忙しいからな」

つまり、顎《あご》で使われているわけですね。下の子ってそんなもんよね。

「ラグナはわかったけど、なんでフェリクス？」

「簡単だよ。我がライセリュート家も研究学園に出資しているからね」

「ああ、なるほど」

一言で終わったな。

「あ、じゃあ水源の調査には、蚊トンボとメルを連れて行こう。妖精だし、何かしら役に立つかもよ」

それでダメでも、精霊のニナがいる。三人に見てもらえば何かわかるだろう。

「いいわよ。一緒に行ってあげるわ。そういうのは得意だから任せなさい」

メルが小さな胸をどんと叩いてにっこり笑う。可愛い。

よくよく考えてみれば、妖精だったらメルで十分だよね。……蚊トンボはいらないかな。

「今、メルだけでいいなとか思ったやろ、お嬢」

「わっ、びっくりした」

突然現れた蚊トンボに驚き、ドキっとした。心臓が飛び出すかと思ったじゃないか。

「あっしも行くわ。水源の調査なんて、メルよりあっしのほうが役に立つで」

「そ、そう？」

「ふふん、お嬢の考えなんてお見通しや」

なぜそんなに得意げなんだ、蚊トンボよ。

「それは助かるな。父から調査に行ってこいって言われて来たのはいいけど、正直、僕じゃ何もわからないと思うんだよね」

フェリクスはにこにこと笑ってそう言った。いつの間にかグリーが持ってきた、お茶とお茶菓子を美味《おい》しいねえとか言って食べている。

ちなみにグリーは、お茶菓子を出したらまた台所に引っ込んでしまった。一体何が彼をここまで突き動かすのか。すでにお菓子作りはプロの域と言っても過言ではない。

「フェリクスは商人だから、調査とか慣れてないよね」

「基本的に調査はラグナ君に任せるつもりだったんだけど……」

ちらっとラグナ少年を見て、小さく首を振るフェリクス。ぼそっと「頭を使うことは苦手な彼だしねえ」とか言ったの聞こえてますよ、フェリクス。この呟きからすると、私を誘った理由は土地の所有者だからってだけじゃなさそうだな。

「いいではないか。水がないと困るのだし、行ってくるといい。水田は我が形を作っておこう」

オルトがそう言ってくれた。もう農家で食べていけるね、オルトさんや。すでに竜の里の家も引き払っているそうだし。最近、レッドドラゴンの面影がなくなってきている気がするよ。

ともあれ、私たちは水源の調査に出向くことになった。

といってもすぐそこだし、特に準備は必要ないけどね。

23　いざ水源の調査へ

さて行こうか、と家を出ると、なぜかグリーも少年の姿で当たり前のようについてきた。

「グリーも来るの？」

「当然です、母上。何があるかわかりませんから」

……いやいや、言ってみれば自分の家の庭ですよ。何があるか、って何もありませんよ。

「行ってはいけませんか」

「いや、いいよ」

じろっと睨まれて、慌てて首を振る私。ついてくることに不満があるわけではないからね。

「さて、さっさと終わらせよう」

農園の見回りとか手入れとか、色々しないといけないことがあるから、早いところ終わらせたい。

まあ、きっと大したことないよね。

勇んで先頭に立って歩き出した私であるが、肝心なことを忘れていた。

「水源ってどこ？　上流の方に川をたどっていけばいいのかな」

そういえば水源の場所、知らなかったよ。とはいえ、普通は川の上流に行けばたどり着けるよね。

「知らないのに先導しようとしていたのかい？　こっちだよ」

フェリクスが私に代わって先頭を歩き出す。さすが、元この土地の持ち主なだけはある。よくわかってるねえ。

それにしても、私は異世界に来て以来いつも何かとバタバタしていたから、こうしてのんびり敷地内を歩くのは久しぶりかな？

「改めてこうして見ると、広いねえ」

「そうだねえ」

にこにこにこにこ。

いい天気だし、フェリクスと並んでゆっくり歩いているとピクニックしている気分になる。

そんな風にまったりしていたら、ずいっとグリーが私たちの間に割り込んできた。

「グリー？」

「いいですか、母上。男はすべからく魔物なのですよ。お気をつけください」

魔物はグリーのほうだよね。何言ってんだ、一体。

呆れてグリーを見る私を、微笑ましげに見つめるフェリクスとメル。

和気あいあいと歩いて、ほんの三十分ほどで私たちは水源へとたどり着いた。

「ここが水源？」

確かに、そこそこ広い水たまりっぽいものがあった。その水たまりの底から水が湧き出ている……のかな？

って、私の土地の境界ギリギリじゃない。ここまで来たことはなかったなあ。土地の外れの方に結界石を設置するのは、小さいゴーレムを造って任せていたから気づかなかった。

「やっぱりおかしいな」

ラグナ少年が水源をじっと見て首を振る。

「そうだね。湧き出す水がかなり少ない」

前はもっとたくさん湧き出していたと言うフェリクス。

「ほんと？」

「元々は今の三倍くらい広い水たまりで、水量もかなりあったんだよ。雨が少なくても川の水があったのは、ここの湧水のおかげだからね。でもこの状態が続けば、王都でも水不足に陥ってしまう。早く解決しないと。今でも取水制限が敷かれているからね」

「へえ」

ここは常に良質の水が湧き出ていたはずなんだけど、とフェリクスが首をひねる。

この川は通常であれば王都の湖に流れ込んでいるのだが、水量が少なすぎて、湖に行きつくまでに干からびてしまっているらしい。

王都にある湖には三本の川から水が流れ込んでいるのだが、この川からの水の供給が途絶えてしまったため、湖の水量も半減しているのだとか。

このままでは水不足が深刻化して、王都から騎士団が派遣されるかもしれない。そうなれば私が困ることもあるだろうということで、一足先にラグナとフェリクスが調査に来たそうだ。ありがたや～。

「『へえ』って、リンの家の水はどうしているの？　ここから引いてないのかい？」

「ああ、魔法石とスキルと付加術を駆使して、地下から水が湧き出る仕組みを作ってるんだよ」

川から引いているわけではないので、涸《か》れかけていることに全く気づいていませんでした。

ちなみに、移動式スプリンクラーを使って農園に撒《ま》いている水も、やっぱり同じように魔法石とスキルと付加術を使って常に水が供給される仕組みにしてあるのだ。

本当は水田もそれでよかったんだけど、せっかく川があるから活用しよう、と思いついたのである。

その途端にこれだ。どうやら我が家には、トラブルメーカーというか、面倒事を引き寄せる人が誰かいるみたいだなあ。

「相変わらず、常識とかどっかに置き忘れてきただろう。お前、その能力は他に使いどころがあるんじゃないか」

「ないよ」

農園にばっちり使ってるじゃないか。他にどこに使うというんだ。

「そこで断言するところが、リンらしいよね」

「そうかな」

照れるなあ。

「フェリクスは褒めてないと思うぞ、リン」

うるさいよ、ラグナ少年。褒めてくれているに決まってるじゃないか。

「そんなことより、ここおかしいで」

蚊トンボの声に、私たちは改めて水源に目を向ける。

「そうね。呑気《のんき》に話なんかしてる場合じゃないかも」

「蚊トンボ、メル。原因わかりそう？」

「無理や」

蚊トンボが首を振ると、メルも同意する。

「ここでは、ちょっとわからないわね」

「ここではって？」

メルの言葉が引っかかって聞いてみたら、今度は蚊トンボが答えた。

「中に入ればわかるかもしれんっちゅうことや」

「中とは、どういうことだい？」

フェリクスにも妖精の言葉の意味がよくわからなかったらしい。興味津々で聞いている。

「水源の中っちゅうことや」

地上から見ただけでは、単純に水量が少ないことしかわからない。原因はどうやら湧水の根源、地下にあるようだ。

蚊トンボが言うには湧水を地下にたどっていき、元凶を突き止めるしかなさそうとのこと。

「地下って、入れるの？」

「あっしら妖精族やったら簡単や」

「セイルーナは全属性に適性があるから、任せておけば大丈夫よ。私も外からサポートするし。映像を投影して状況がわかるようにするわ」

メルが心配はいらない、とにっこり笑う。

それって、蚊トンボが進む様子を映画みたいに見られるってこと？　何気にメルも能力高いよね。

「「全属性!?」」

ラグナ少年とフェリクスが驚きに目を見開いて、蚊トンボを見る。あれ、全属性持ちってそんなに珍しいことなのかな。

「驚くようなこと？」

聞いてみると、メルは胸を張って答えてくれた。

「そうね。魔法適性が高い妖精族でも、全属性持ちは王族か、それに準じる公爵家にしか現れないわ。それも、ごく稀《まれ》にね。魔法のスキルを後天的に身につけることも滅多にないし。でも、セイルーナはエリートの中のエリート、妖精族の女の子が全員憧れるくらい優秀ですもの。全属性持ち

「でも当然よね」

 おまけにかっこいいし、とにっこり笑うメルに同意する者はいない。その謎感性、どうにかならないかな。

もちろん、根本的には風の性質を持つ蚊トンボであるからして、一番スキルレベルが高く、使いやすいのは風属性らしいが、それ以外の属性のスキルも持っているのだという。

前も思ったけど、ムダに能力高いんだな、蚊トンボ。ただの蚊ではなかったのか。

「ならばこれを持っていくがいい。気をつけていけ」

じっと水源を見つめていたグリーが、何かを蚊トンボに手渡した。

「ま、魔王からなんや優しい言葉きた⁉　ところでなんやこれ」

恐る恐る手を伸ばして受け取る蚊トンボ。しげしげと見ているそれは、日本でよく見た神社とかで買うお守りに似ている。

それにしても、グリーが蚊トンボを気にかけるとか確かに珍しいなあ。

「お守りだ」

あ、やっぱりお守りなんだ。

「お守り……せやったら、ありがたくいただいていくわ」

魔王が心配してくれたで～とニヤニヤ気持ち悪く笑いつつ、スキルを重ね掛けして水源に突っ込んでいく蚊トンボ。おお、勇気あるなあ。

「本当に珍しいね、どうしたの？」

メルが投影してくれた蚊トンボの探索映像を見ながら、横にいるグリーに問いかけてみると、彼は軽く肩をすくめた。

「死んだら、さすがに母上が悲しまれるでしょう」

自分的にはどうでもいいですけどね、と言うグリー。なに不吉なこと言ってんの。

「それはもしかして、相当の危険があるということなのかな」

「さてな。そうでもないと思うが」

フェリクスの問いには興味ないと言わんばかりに、あっさり首を振るグリー。

蚊トンボは、細い洞窟のようなところをどんどん快調に進んでいく。上り坂が続いているが、鼻歌まで歌って機嫌がよさそうだ。

「今のところ問題なさそうだ」

特に変わり映えしない映像に、早くもラグナ少年は退屈してきたらしい。

だがしかし、グリーの緊張が増しているせいか、だらけた様子はない。いつ何があってもいいように、すぐに動き出せる姿勢で映像を見ている。そのあたりはさすが騎士というところか。

さりげなく前に出て、私とフェリクスを守る位置取りをしているし。

顔もいいし、こういうことをさりげなくできる彼は、きっとモテモテなんだろうなあ。ちっ、リア充め！　何となく忌々しい気分になるのはなんでだろうね？

「あ、そういえば月姫、近いうちに目覚めるかもしれないよ」

ロウス皇国から戻って以来、農園の仕事に忙しくて言っていなかったので、フェリクスに細かい話を伝える。

「魔王スラヴィレートだって？」

またずいぶんな大物が出てきたね、と苦笑するフェリクス。けれど、とてもうれしそうだ。それはそうだろう。月姫が目覚めるのをずっと待っていたのだからね。

ヤーディアーによると、必要な素材が採れるようになるまでそれほど時間はかからないって話だし。良かったねえ。

「ありがとう、リン。楽しみに待っているよ」

「うん、目覚めるときには早めに知らせるね」

「わかった、よろしく」

ほのぼのとそんな話をしているうちにも、蚊トンボはどんどん進んでいく。

『なんや、これ』

蚊トンボが何かを見つけたらしく、急停止した。

すごいよな、この魔法。映像投影に加えて音声まではっきりくっきり拾えるなんて。

『紙？』

蚊トンボの声につられてその視線の先を注視すると、確かに紙が散らばっている。

紙吹雪に使うような細かく切った色とりどりの紙。よく見れば、ちらちらとそこここに落ちている。

『うーん、ただの紙やなあ。なんでこないなとこにあるんや』

落ちていた紙片をしげしげと見つめていた蚊トンボであるが、特に変わったところはなかったらしい。こっちからも、ただの紙にしか見えないなあ。

「その紙片から離れろ、蚊」

唐突にグリーが声をかける。その声はかなり鋭かった。

『うおう！　なんや』

びくっとして手に持っていた紙片を取り落す蚊トンボ。渡されたお守りからグリーの声が聞こえてきて驚いたのだろう。

『びっくりするやないか。何なんや』

「その紙は無視しろ、早く先へ進め、蚊」

『蚊ってなんや、蚊って』

ぶつぶつ文句を言いつつも、逆らうことなく紙片に構わず先へ進む蚊トンボ。

「グリー、もしかしてこの先に何があるか知ってるの？」

「あくまで推測ですよ、母上」

安心させるように笑うグリー。推測と言いながら、何かを確信しているようである。

だが、言う気はないみたいだ。じっと映像を見ている。

『ここは地下の空洞やな』

ずいぶんと洞窟を上ったところで、ようやく開けた空間にたどり着いた蚊トンボ。

どうやらうちの敷地内にある湧水は、この地底湖から流れてきているようだ。

地底湖の水もかなり少ない。うちに流れてくる水が少なくなっているのも頷ける。

『ここになんや原因があると思うんやがなあ』

湖にある水は、なぜここまで少なくなっているのか。

痕跡から見るに、本来この三倍ほどは水があったように思われるのだと言う蚊トンボ。

『おかしいな、何でこないに少ないんや』

蚊トンボが首を傾げる。実際、以前は地上でももっと水量があったというから、さもありなん。

『んん？　湖にもさっきの紙が浮いてるで』

「蚊、湖の中心に行ってこう言ってみろ」

またもや唐突に声をかけるグリー。

『へ？』

「スラヴィレートは起きたぞ」

『……それって、イヤな予感しかせんで』

ぶつぶつ言いながら、それでも指示通り湖の真ん中に行く。

『魔王スラヴィレートは起きたで～って、うお、危ないわ！』

蚊トンボが素早く飛びのくと同時に、湖の真ん中が盛り上がって、何かが出てきた。

『ふあああ、なんだ、スラヴィ起きたのかい？』

大きなあくびをしながら出てきたのは、水で人の形を作ったような不思議な存在。

『ん～ところで君は何だい。妖精と魔王の気配がするけど』

珍しいねえ、とのんびりした口調で言うあれは、一体何なんだろう。

「シルヴィリア、水を元に戻せ」

『あれ、その声はグリーじゃないか。水？』

よく見れば少ないねえ、と笑う水の人（？）。

「グリー、あれって何？　魔王？」

「いいえ、あれは魔王ではないですよ、母上。分類上は精霊ですかね」

「あら、シルヴィリアじゃない、何しているの？」

『おや、その声はニナリウィアかい。いつの間にこっちの世界に出てきたのさ』

振り返ると、いつの間にかニナリウィアが姿を現していた。

召喚もしてないのに出てくるなんて相変わらず自由だな。というか、まともに召喚したことって数えるほどしかない気がする。いいのかな、これで。なんか間違ってるような気がするけど。

「そんなことはどうでもいいわよ、貴女《あなた》こそ何してるの」

　ニナがシルヴィリアと呼ばれた精霊をじっと睨みつける。

『ここは居心地がよくて～。ボクはスラヴィの魔力で形と意識を保っているから、スラヴィが封印されちゃったら動けないんだよう』

　この湖で遊んでいたらちょうどスラヴィレートが封印されてしまい、ここから動けなくなった、ということらしい。

　彼女がいたからこの湖には豊富に水があり、しかも水質が最上だったのだとか。

「彼女は水の精霊の中でも最高位なのよ。元々スラヴィレートがその存在だったのだけど、魔王となってからは精霊としての部分が分化して、シルヴィリアが生まれたの」

　ほう。

「存在としてはスラヴィレートが本《もと》になっているし、分化といっても……そうね、わかりやすく言うと、スラヴィレートが根っこでシルヴィリアが花といったところかしら？　根っこに異常があれば花は咲かないでしょ？」

　おう、わかりやすい説明をありがとう。

　でも、なんで水が少なくなったんだろう。

「スラヴィレートが目覚めた影響で、シルヴィリアも目覚めかけていたからよ。彼女は目覚めるとき、大量の水を必要とするの」

「へえ。じゃあ、さっきの紙片は？」

「彼女が辺りにまき散らしたのよ。あの紙で、目覚めるのに必要な魔力や水分を周辺から吸い取っているの」

「ということは、蚊トンボがあれをずっと持っていたら……」

「あの紙片を手に取ったの？　下手をすれば十分で干からびるわよ」

「案外怖いねえ」

ただの紙ではなかったか。ははは、と笑い合っていると、蚊トンボから「笑いごとやないわ！」と声が飛んできたのだった。

24　水の管理者

『改めまして、ボクはシルヴィリア。スラヴィレートの子供みたいなものかな。君は？』

『あっしか、あっしは……』

『うるさいよ、蚊には興味ないんだ。可愛いくないんだから黙っててくれない。そうじゃなくて、グリースロウを従えている君だよ』

どうやらシルヴィリアにはこちらが見通せているようだ。声も聞こえているみたいだし、さすがは精霊といったところか。

ニナリウィアといい、シルヴィリアといい、精霊って蚊トンボには冷たいよなあ。やっぱり妖精は可愛いくないとダメってことなんだよね。精霊の可愛いもの好きは顕著だからね。

ちらっと蚊トンボのおっさん顔を見て、つい納得してしまう私です。

「私はリンだよ。よろしく」

『リン？　……ああ、来訪者かな。スラヴィが気に入ってるみたいだね。へえ、魔王グリースロウにレッドドラゴンにブラックドラゴン、それに高位妖精を二体にニナリウィアか。あとは、ドワーフに……これは人形かな。変わったもの持ってる。面白いね、君』

少しゆらゆらしたと思ったら、ちゃっぽんと音を立ててそう言ったシルヴィリア。揺れながら考えてたのね。あと、スラヴィレートから情報を貰ってたのかな。私の同居人まで瞬時に把握するとか、すごい。

『それで、なんでボクを起こしたのさ』

大きなあくびをしながら、面倒くさそうに聞くシルヴィリア。

「迷惑だからに決まってるでしょう」

答えたのはニナリウィアだ。

「いいこと？　あなた寝ぼけていると、水をひたすら吸い取るでしょう。あと周辺の魔力も。このままいけば、あと三日でそこの湖の水がなくなってしまうわ。下手したら、一月《ひとつき》で周辺の草や作物も枯れるでしょう。そうなると困るのよ、リンが」

三日⁉　それは確かに困るな。まさにこれから水田を作って水を引こうって時なのに。

というか、危うく農園の作物が枯れる危機だったのか。良かった、早めに調査にやってきて。ラグナとフェリクスに感謝しなくちゃ。

「水が涸《か》れたら困るどころじゃないぞ」

「うーん、さすがにちょっとまずいよねえ」

王都も水不足が深刻化してどうにもならなくなる、とラグナとフェリクスが顔を見合わせる。

それでも、原因がわかったことで少しほっとしたようだ。

「どうしたら水量が元に戻るかな」

そこ、重要ですよね。いい質問だよ、フェリクス。

『え〜、目が覚めたからもう元に戻るよう』

あっさり答えが返ってきた。そういうもんか。なんか気が抜けたよ。

「ということは、これで問題は解決？」

私が首を傾げると、そうだね、とフェリクスもいまいち釈然としない表情で頷く。

ラグナに至ってはよく理解できていないようで、いまだに顔に疑問符くっつけてるんだけど。

今回はいやにあっさり解決したなあ。私、何もしてないし。

でもまあ、よかったよ。

『さて、これはもう目が覚めたからいらないし。回収するよ』

チャポン、と音がしたと思ったら、湖に散らばっていた紙片が消える。

「ねえ、水の量とか調整できるの？」

さっきからずっと気になっていたのだ。水の精霊ってことは、能力は水に関することに特化してるんだよね。

『もちろん。川を作ることだって、湖を作ることだってできる。水に関することならボクにお任せだよ』

その言葉を聞いた時、私はきらりと目を光らせた。

「だったら、湖一つ作ってくれないかな」

『ええ～、いいけどさ、ここから遠いところはダメだよ。ボク、この湖が気に入ってるんだ』

「作って欲しい場所は近くだから大丈夫！」

やったあ、と小躍りする私に、フェリクスの視線が刺さる。

「ねえ、リン。湖なんて作ってどうするつもりなんだい？」

「今までの話の流れでわかるでしょ。もちろん、お魚さんを養殖するんだよ」

「でも、水を海水にする方法はラウロ家門外不出の特殊スキルだよ」

「……そうなの？」

それじゃ、海水は作れないってこと？

うーんと悩んでいると、意外なところから助け舟が。

『海水がいいの？　だったら海水の湖を作ってあげてもいいよ』

あっさりと言うシルヴィリア。

「そんなことできるの？」

『ボクを誰だと思っているのかな。水の管理者とも言われる精霊だよ。それくらい簡単さ』

自信をのぞかせて、さらりと言ってのける。頼もしい。これで私の野望に一歩近づいたよ。

『君、変わってるね。無表情で「ぐふふふ」って女の子としてどうかと思うよ』

なぜ初対面のヒトには、いつもこう言われるのかな。

「それには激しく同意するね」

フェリクスが苦笑しながら言って、ラグナもうんうんと頷く。

「でも、そこが可愛いところなんだ」

え、可愛いって私のこと？　意外と上手《うま》いこと言うなあ、ラグナ。

「母上」

ラグナ少年を微笑ましく見つめていると、またもやずいっとグリーが間に入ってきた。

「お気をつけくださいと言ったでしょう」

「え、今何か危険なことあった？」

「ええ、とても」

『あははは、グリーがやきもち焼くなんて傑作～』

ちゃぽちゃぽと水が揺れる。それに合わせて湖面にさざ波が立った。

何がおかしいのかわからないが、ツボにはまったようだ。ひたすら笑い続けて、グリーが面白いから手を貸してあげる、とシルヴィリアが約束してくれた。

「不本意だ」

ムスッとしたグリーであるが、少年姿の君がそんな顔しても可愛いだけさ！

「じゃあ蚊トンボ、帰っておいでよ。問題は解決したしね……あ、でもこれから先、シルヴィリアと話したいときはどうすればいいのかな」

「それなら、蚊に渡したお守りをシルヴィリアに渡せば大丈夫ですよ、母上」

「そうなの？」

グリーが渡したお守りは対《つい》になっており、通信機のような役目を果たすらしい。マジか。

『せやったら、これ渡しとくわ』

『はいはい～。じゃあさっさと行ってくれる？　ボクはもう少し寝ておくから。湖の件は詳細を煮詰めてからまた連絡ちょうだいよ。作るのはすぐだからさあ』

「わかった、よろしく」

『精霊はたいてい退屈してるからね。面白いことは大歓迎だよ』

そう言って通信が切れる。ぷつっとメルが投影していた映像も消えた。

「あら、強制的に切られてしまったわ」

「いいんじゃない？　もう蚊トンボも戻ってくるだけでしょ」

「母上」

「どうしたの、グリー」

「シルヴィリアと話をするときにはお気をつけください。奴は悪気はないのですが、その分タチが悪い。こちらが言ったことを曲解して、大騒動を起こしたこともあります」

深刻な顔で忠告してくるグリー。どうやら過去に色々あったようだ。

そういえばシルヴィリアもグリーのこと、よく知ってるみたいだったしねえ。

「ふふ、グリーはスラヴィレートとシルヴィリアによく遊ばれていたものね。いい思い出がないのでしょう」

くすくすと笑うニナリウィア。

そうなんだ。つい納得してグリーを見ると、そっぽを向かれてしまったのだった。

◆　◆　◆

家に帰り着いて、またもやお茶を飲んでまったり。

オルトにも水源地であったことを説明する。

「魚、か」

あまり興味はないな、と肩をすくめるオルト。

そんな彼は、私たちが水源に行っている一時間半ほどの間にさくさく水田作りを進めていました。もう完成間近とか、さすがです。

「でも魚はどうするの？　育てるノウハウなんてないでしょ」

メルに言われて、はっと気づく。

確かに。魚料理にばかり頭がいっていて、そんなこと全然考えてなかったよ。どうしよう。

私は農業がしたかったわけで、養殖はまた別だよねえ。全く勉強したことないし、ゲームでもそこまで手を出してなかったしな。詳しいことは全然わからない。

どうしようかと悩んでいたら、思わぬところから声がかかった。

「それなら、ラウロ家の研究学園に来るといい」

ラグナがぶっきらぼうにそう言ってくれたのだ。

「いいの？」

「いいのかい？」

なんでフェリクスまでそんな驚いた顔してるんだろう。

首を傾げていると、フェリクスが説明してくれた。

「だってリン、研究学園は国中から生徒を募っているけれど、入学するのは狭き門なんだよ。よほど優秀でないと入れない。そのうえ中途入学、見学はお断りだからね。学園の中に入れるのは、基本的に関係者だけ。かく言う僕だって、年に一回の即売会にしか行ったことないよ。ライセリュート家でも簡単には中に入れてもらえないんだ」

「そうなの？」

フェリクスの言葉に驚いてラグナを見れば、彼も頷く。

「ああ。まあ、俺も今は騎士団の人間だからな。学園に立ち入るには許可が必要なんだが」

「ええ～、じゃあ見学とか無理じゃない」

「そこはそれ。今回、リンは水源の調査に協力、しかもスピード解決してくれたから、その功績で特別に兄上たちから許可をもぎ取れると思う。水が涸《か》れてしまったら本当に困るところだったからな」

「だったら僕も行ってみたいんだけど」

ダメかなあ、とフェリクスが申し出る。

「いいんじゃないか？　とりあえず兄上たちに聞いてみよう」

「「ありがとう」」

私とフェリクスの言葉がハモる。

現場を見ればわかることも多いよね！　少なくとも、この世界にどんなお魚がいるのかはわかるだろうし。

うきうきと、すでに心が学園に飛んでる私である。というより、魚料理にであるが。

「じゃあ、俺は帰るな。許可が下りたらまた知らせに来る」

「僕も帰るよ、店もあるし」


そうして後日、ラグナから許可が下りそうだと連絡がきた。

ただ、学園はちょうどこれから研究発表に向けて忙しくなるらしく、四ヵ月待って欲しいと言われてしまった。

待ち遠しくて仕方ないけれど、ひとまず米作りに勤しむとしよう。

◆ ◆ ◆

水不足問題を解決してから三週間後。

この時を待ち構えていた私は、うきうき気分でリセリッタ村へと乗り込んだ。

何のためにかって？

もちろん、お米ともち米入手のためである。

山のようにお米の苗を手に入れて、さっそく水田のわきに置いておく。明日はみんなで苗を植えるのだ。

醤油も黄《き》な粉《こ》も味噌も、その他調味料関係もイタチョーと一緒に開発済みである。

ははは、この三週間のうち、半分くらいは我が家にイタチョーを拉致していたのだよ。その甲斐があって成果はばっちりだ。

我が家の水田は肥料を入れて耕し終わっている。さらにはシルヴィリアに頼んで水も張ってあるし、完璧だ。

用意したのは米用の水田二反と、もち米用に一反。売るほど採れるというわけではないが、自宅で食べるにはこれくらいで十分すぎるほどだ。

「これで～お米が手に入るのさあ～」

「お嬢、変な節《ふし》をつけて歌うのやめたほうがええで、気持ち悪いわ」

「否定できないわね」

苗を見ながらくるくる踊っていると、自身もくるくる回りながら蚊トンボが失礼なことを言う。さらにはメルまで頷いている。なんてひどいんだ、妖精ってやつは、まったく。

蚊トンボの無様《ぶざま》な踊りよりはマシだと思うけどね!!

◆　◆　◆

翌日、我が家の水田にはスレイ、ラグナ、フェリクス、私の農業の師匠メイスン・フロストと、その兄イリア・フロストがやってきた。

もちろん、我が家の人外も集合である。

今日は、いよいよ稲を植えるのだ！

1、苗を植えよう
「く、腰が、腰が‼」

「スレイ、若いのに情けないよ」

「いや、リン、これはきついと思う」

ラグナが言えば、あっという間にリタイアしたフェリクスが勢いよく頷く。

「そもそも僕は商人なんだけど。なんでこんなことしないといけないのかな？　あそこにいる化け物みたいな人たちと一緒にしないで欲しいよ」

フェリクスの視線の先を見ると、ものすごい勢いで苗を植えまくるフロスト兄妹の姿が。……あれはマネできない、うん。

結局、全体の三分の二をフロスト兄妹が担当してくれました。すっきりした笑顔で帰っていく二人を思わず拝んでしまったよ。

2、水の管理をしよう
「そもそも水の管理って必要なのかな？」

水田の前で首を傾げていると、ざっぱん、と目の前に水柱が立ち、ヒト型が形作られる。シルヴィリアだ。

「もちろん必要ないよ」

だよね。温度管理も完璧にこなす水の精霊がついてるんだもんね。日本の農家さんに恨まれそうだな。

3、草取りは大事
田植えをしてから二週間。また皆に集まってもらった。

「草を取ろう」

草取りは大事なのですよ。というわけで、今日は皆で草を取ります。

「ああ、足がハマった〜」

フェリクス、何回目さ。

「ぬるぬるして気持ち悪いぞ」

ラグナもフェリクスも、なんで文句ばっかりなのかな〜。手伝ってくれてるから、まあいいんだけどさ。あとで美味《おい》しいものをご馳走してあげよう。

「普段の草取りと違って、水の中だからやりにくいな」

いつも畑の草取りを手伝ってくれている……というよりすでに趣味と化していて、気づけば畑にいることに全く違和感がないスレイは、水田の草取りもやっぱり楽しそうだ。

そして、ものすごい勢いでイキイキと草取りをしているのは当然、フロスト兄妹。

「なかなか楽しいわ。今度私も水田を作ろうかしら」

「ふむ、悪くないな」

やり遂げた笑顔で帰っていく二人を、やっぱり拝んでしまう私なのだった。

4、肥料も大事です
スキルで作った肥料を必要な時に撒いていく。もちろん全部手作業……ではなく、風の魔法を使って。

「なあ、お嬢。あっしの目がおかしいんかな」

「いや、おそらくリンの作った肥料がおかしいのだろう。我が見たものとは全く別物だ」

「蚊トンボ、オルト、別に私のせいじゃないと思うな」

「いやいやいや、明らかにリンの肥料のせいよねえ」

メルまでひどいや。

私たちは、私の背丈ほどにも高く育ちすぎた稲を見て、遠い目をしてしまうのだった。

これが異世界ってやつか!!

5、出穂しました

育ちに育って、とうとう私よりも背が高くなった稲から穂が出ました。

揺れたら、ばっさばっさと音がしそうなほど大量の穂が。

「おおう、大収穫だ」

皆の視線が痛い。

正直に言おう。たぶん肥料のせいだよね。リセリッタ村の村長さんのところのお米は、日本で見たのと変わらなかったもんね。ごめんなさい。

というわけで、ようやくできたお米。

スキルを駆使して精米し、試食してみました。

「お、お米だ」

大きさはともかく、できたのはごく普通の……ではなく、日本で味わったものよりちょっと美味《おい》しいお米だった。

さすがに一粒一粒が大きすぎるので、まだ栽培中のもち米のほうは肥料の配合を再検討しよう。

もち米はあと一月《ひとつき》ほど経ったら収穫できるし、そうしたらお餅パーティーだ。楽しみだなあ。

ひとまず、成功した米作りは、私にとってもとてもいい体験だった。

来年はもう少し水田を増やせたらいいな！

25　お餅パーティーの準備

一月後《ひとつき》。

いつものように我が家で育った野菜を買い取りにきたフェリクスと、なぜか彼についてきたラグナ少年が帰ろうとした時、私は二人を呼び止めた。

「待って、待って。これあげる」

渡したのは招待状である。

「何、これ」

「招待状？」

「昨日、夜なべして作ったんだ！　今度お餅パーティーするから来てね」

「『お餅パーティー？』」

ついにもち米の収穫時期が来た。

であれば、やらねばならない、お餅パーティーを！

なので昨夜、早速人数分の招待状を作ったというわけ。

イタチョーや村長さんは忙しいだろうし、遠いから今回はお招きしてないですけどね。もちろんリオール皇子も。また今度だねえ。

当日はもちろん、特別製の杵《きね》と臼《うす》でオルトとメロウズにお餅をついてもらう予定だ。まだ言ってないけど。

料理はこれから考える。お雑煮《ぞうに》に、焼き餅、お汁粉にしゃぶしゃぶ……はあ、楽しみ～。お餅はつきたてだし、美味《おい》しいこと間違いなしだよねえ。

「ぜひぜひ来てね」

「そうだね。リンのところのパーティーで出された料理には外れがないし、珍しいものばかりだからとても楽しみだよ」

にこにことそう言ってくれるフェリクス。

「暇があったらな」

相変わらず赤い顔でぶっきらぼうに言うラグナ少年。

「うん、わかった。ところでラグナは熱でもあるの？　今日ずっと顔が赤くない？」

「気のせいだ！　これが地顔なんだ！」

勢いよく断言された。熱がないならいいんだけどさ。

まあいいや。

ラグナ少年とフェリクスを見送った私は、同居人たちに今さらながらお餅パーティーの説明をするべく、家に戻ったのであった。

◆　◆　◆

「それってもう決定ってことでしょ？　招待状を作る前に言って欲しいわよね」

呆れたように言うメルに、同居人たちが頷く。

農園の草むしりにやってきたスレイもさりげなく交じっている。まあいいけど。

「そやなあ。お嬢、相談は大事やで。人間関係を円満にするコツや」

そうかもしれないが、蚊トンボには言われたくない。

「ふむ、それなら秘蔵の酒でも出そうか」

ヤーディアーは特に不満そうな顔はしていなかったので、何を考えているのかと思えば、どうやら酒のことだったらしい。なんでも、彼の亜空間倉庫にはグレアーで作ったという幻の銘酒の手持ちがあるのだとか。

「いいの？　すごく高いんでしょ」

「構わんよ。料理は食べるもの、酒は飲むもの。いつまでも倉庫に眠らせておいても何の意味もなかろう」

豪快に笑うヤーディアーは太っ腹だ。楽しみだなあ、幻の銘酒。私はこう見えてもこの世界では成人。お酒も飲めるようになったのだ。

「ほほう、ならば我も秘蔵の酒を出そうか」

調子に乗って、メロウズまでそんなことを言い出す。

「ほう、竜の秘蔵の酒とは何だな」

「それはもちろん、霊峰ダルア山の頂上のみで作られる神酒『神殺し』に決まっておろう」

「神殺し」って、ずいぶんと物騒な名前だな。

「うむ、神をも酔わす美味と噂の幻の酒じゃな。いまだお目にかかったことはないのう」

「それはそうだろう。竜族の間でもそう簡単には手に入らぬ」

ヤーディアーとメロウズは酒談義で盛り上がっている。

「では、我は果実酒でも作ろうか。あとはジュースだな」

オルトがそんなメロウズとヤーディアーを横目に、嘆息してそう言った。

「あらいいわね。手伝うわよ」

メルも嬉しそうにオルトに賛成する。

「あっしはキノコ料理やなあ。この間、妖精国で習ってきたんや」

ああ、あのキノコ専門店。妖精国に行ったときに入ったけど、美味《おい》しかったよねえ。

「私はお菓子でも作りましょうか、母上」

グリーの隣でヴィクターも手を上げ、グリーと一緒にお菓子作りをすると言う。

この二人はデザートか。というか、いつの間にかヴィクターがグリーと打ち解けてますけど。

「では、私共はマスターのお手伝いをいたしましょう」

メイド人形たちがそう言って、にっこり頷いてくれる。

よしよし、お手伝いね、お手伝い……あれ？

「ちょっとみんな、おかしくない？」

私はあることに気がついた。

「「「何が？」」」

うおう。声をそろえて一斉に見られるとちょっとビビるわあ。

「だってさあ。お餅パーティーなんだよ？　なんで誰もお餅の料理考えてくれないのさ」

そう、まさにそこである。お題はお餅なのだ。お酒でもなく、果実でもなく、お菓子でもないのだよ。まあ、確かにお餅を使ったお菓子とかあるけどさ。たぶん、グリーが言ってるお菓子はそうじゃないよね。

「リン、お前は肝心なことを忘れている」

オルトがため息をついて、私を見る。

肝心なこと？　何か忘れてたっけ。材料は揃《そろ》ってるし、お餅は当日ついてもらうし、調味料もあるし……。忘れてることなんてないよね。

「そうよ。貴女《あなた》、何言ってるの？」

メルにまでため息をつかれてしまった。おかしいな。

しゅぱっと飛んできて、グイッと顔を近づける蚊トンボ。

「ええか、お嬢」

「近い近い！」

思わず叩き落とそうとした私は、当然の反応をしたと思うよ。

「あ、あぶっ、そのハエ叩きいい加減やめろや。危なくてかなわんわ」

いや、でも最近全く当たらないよね。蚊トンボの回避スキルマックスなんじゃないか？　だんだん避ける動きも洗練されてきたような。

「って、そんなことより、や」

「そうそう、私が何を忘れてるって？」

全然思い当たらないんだけど、どうやらわかってないのは私だけらしい。

「あっしらはその餅って食べもんのことを、ほとんど知らんちゅうことや」

私はポンと手を叩く。

言われてみればそうだよね。スラヴィレートなんて、聞きかじってちょろっと見ただけで兵器だと思ってたくらいだし。

「そうか、そうだよねえ」

ということは。

「ぐふふふ」

こみあげてくる笑いを止められませんよ。

「なんや、お嬢、気持ち悪いで」

うるさいわ！　今こそ、今こそ私の【料理】スキルがその真価を発揮するとき。

「ま・か・せ・て」

ぐっと拳を握り、私はやる気を表現。

「今こそ私のチートの真価、見せてあげるわ！　もう無駄チートなんて言わせない！」

農園と料理にこそ、この能力は活かされるのだ。

「なんやねん。言わせないって誰にやねん。そもそもチートってなんやの」

蚊トンボの突っ込みもなんのその。

あっけにとられている周囲を置き去りに、やる気をみなぎらせる私なのだった。

さて、早速メニューを考えなくては。

だがその前に、やることがある。それは——

「お昼ご飯が終わったらみんな、農園に集合だよ」

食後に私は皆を農園に集める。

「では、今から種まきをします！」

高らかに宣言する私に、皆が首を傾げる。

「ちなみに畝《うね》はゴーレムさんたちに作ってもらいました！」

食事前にこっそり起動しておいたゴーレムさんは、いい仕事をしてくれた。ばっちり種まきできそうな具合です。

「なんの種をまくんや」

「何か用意してたかしら？」

「まだ必要なものがあったか？」

「面倒だのう」

「なぜに我まで」

「母上は元気ですね」

「今度は何作るのかな、楽しみだ」

順に蚊トンボ、メル、オルト、ヤーディアー、メロウズ、グリー、スレイのセリフである。ヴィクターはお仕事があるからと、そそくさと部屋に逃げていった。ちっ。

「文句言わないの！　今からまくのは豆だよん」

取り出したのは、スラヴィレートの試練のおかげで手に入った豆。これを今まかずして、いつまくというのだ。さくさく育てて、おいしく収穫ですよ。

食べる分は別に分けてあるので、今ここにあるものは今日中にまいてしまう予定である。

というわけで、それぞれ担当を決めて、ちまちま丁寧にまくこと一時間。

「お、終わった」

さすがにぐったりした。ずっと中腰はつらいよねえ。

というか、スレイの手慣れた感じが怖いよ。どうやら私がいない間に、葉物野菜の種まきとかも手伝っていたらしい。もうプロを名乗れる域と言える。

いっそ冒険者を辞めて、ここに就職したらいいのに。好待遇で雇うよ。

「うちで働けば？」

「そうだね。冒険者を引退したら、それもいいかもね」

今はまだやめる気はないけど、と笑うスレイ。

あれか、平日はサラリーマンして週末だけ田舎で農作業やるようなもんなのかな。助かってるからいいけど。

そのあと私は果樹園の方に回ってみる。木は順調に大きくなっており、早いものは来年か再来年には実をつけそうだ。楽しみだなあ。

養蜂も順調。定期的にヴィクターが整備をしてくれているおかげで、巣も安定している。グリーもうまく世話をしてくれていて、今ではかなりの収穫が見込めるようになった。

一通り農園を見て回り、満足して家へと帰る。もう少しして冬になったら、剪定《せんてい》をしなくちゃね。

と言っても、雪が降るほどには寒くならないんだけど。

「蚊トンボ～、招待状の配達よろしく」

「お嬢はあっしを便利に使いすぎや」

ぶつぶつ言いつつも、別に嫌そうではないよね。手紙の束を持って飛び出していく蚊トンボを見送り、私は机に向かう。

「さて、お餅の料理でも考えるかなあ」

お餅は意外と何にでも合う。定番のお雑煮《ぞうに》、シンプルに焼き餅、甘いお汁粉。それにグラタンやベーコン巻。肉そぼろとかも合うし、味噌もいい。磯辺焼きに安倍川餅。角切りにして上に好きな具材を置いて食べるもよし、案外ピザもいける。揚げてもいいし、ワンタン風や春巻き風にもできる。

「うーん、ちょっと考えただけでもやりたい放題だよねえ」

これは思いつくままに作るしかあるまい。

当日つくから、手の込んだものや時間がかかるものはできない……と普通は思うが、私の場合は話が別。

そう、【料理】スキルがあるのだ。

【料理】スキルはレベルが上がると、発酵や加工、火加減の微調整というようにできることが増えていくし、器具があり条件が整えば、調理時間は最大通常の三分の一まで短縮可能だ。ちなみに発酵は十分の一まで時短できる。これぞスキルの恩恵。

というわけで、思いついたままに紙に書くことに。

「お餅、お餅～美味《おい》しいお餅～つきたてのお餅～」

自作の歌まで歌いつつ、ご機嫌で書き進めていく。

かなりの数の料理を書き出したところで、いったん筆を止めた。

「うん、これだけあればいいかな」

パーティーは四日後に予定している。それまでに必要な食材を揃《そろ》えることにしよう。楽しみだなあ。

「そうだ、器も大事だよね！」

せっかくのお餅なのだ。食器にもこだわりたいところである。

食器を作るには【木工】【細工】【鍛冶】のスキルが活躍してくれる。

うきうきとデザインを考え、いくつかの案を紙に書いてみた。

こういうのって楽しいよねえ。前にやった根菜パーティーも盛り上がったし。

日本では引きこもっていた私であるが、案外みんなでワイワイするのも楽しいと、ここにきて気づいたのだ。

「お嬢～行ってきたで～」

そうこうしているうちに、ヘロヘロと蚊トンボが帰ってきた。

「なんやパーティーの数を重ねるごとに、招待客が増えとらんか」

そういえばそうかもね。なんやかんやで、だんだん知り合いが増えてきたなあ。

「いいことだよ。やっぱりパーティーは賑やかじゃないと面白くないでしょ？」

「そうなんやけどな」

配達が疲れるわ、とため息一つ。

「まあ、お嬢が楽しそうやからええわ」

そういって肩をすくめて笑う蚊トンボ。見かけはともかく、いい奴なんだよな。これで妖精の可愛さがあれば文句なしなんだが。

まあ、誰にでも欠点はあるよね！

私は蚊トンボを労《ねぎら》うと、お風呂に入って夕食を食べに食堂へ下りる。

今日の食事担当はメロウズだ。食卓には農園で採れた野菜をふんだんに使った料理が並んでいる。

そういえば、キノコとか育てるのもいいなあ。野菜とキノコの炒め物を見て思いついた。

魚の養殖がうまくいったら、ぜひ検討してみようと心に決めるのだった。

26　お餅パーティー開催

とうとうこの日がやってきた。

何かって？

もちろん、お餅パーティーに決まっている。

ポカンと口を開けて屋敷を見ているのは、フロスト兄妹だ。この一、二ヵ月で家がまた大きくなっているのだ、驚きもするだろう。

「いつの間にこんな豪邸になったの？」

呆れた、とメイスン・フロストが嘆息する。

「たいして時間が経っているわけでもないのに、ずいぶんと出世したんだなあ」

なかなかできないぞ、とイリア・フロストには感心された。

「農園主って、出世したらどうなるの？」

「「………」」

ぴたりと動きを止めたフロスト兄妹。

作物をたくさん売ってお金が増えただけでも、それって出世っていうのかな？

「出世しても農園主のままかしら」

「そうだな。変わらないいな」

二人は顔を見合わせて笑うのだった。

パーティーへの出席率は良く、招待状を出した人のうち欠席者は誰もいなかった。

集まってくれた皆は、中央に鎮座している杵《きね》と臼《うす》に興味津々である。特にフェイルクラウトやクリフなんかは食い入るように見ている。そんなに餅つき大会に興味持ってくれるなんてうれしいよ！

「あの素材って……」

「いや、まさかな」

「本物なら、小さい国くらいは丸ごと買えるぞ」

「いくらリンでも、よく似た素材ってだけだろう」

ボソボソと話し声が聞こえてきた。あ、杵《きね》と臼《うす》の素材か。珍しい素材だってベア子も言ってたからな。なあんだ、ちぇ。餅つきに食いついていたわけじゃないのね。

それにしても。

私は辺りを見回して首を傾げる。

リオール皇子、イタチョー、リセリッタ村の村長という隣国組に、スラヴィレートまで。なぜ招待してないヒトがこんなに来てるんだろう？

来るのは構わないし、別に問題はないのだが、開催日をどうやって知ったのかなあという素朴な疑問が。

というか、約一名見たことのないイケメンがいるんだが。あれは誰だろう。

「ねえ、さっき話してたの、誰？」

イケメンと親しそうに話していたフェイルクラウトに、一人になった隙《すき》に聞いてみたら、驚きの答えが返ってきた。

「誰って……ストル王子に決まっているだろう。俺宛の招待状を見られてしまって、どうしてもついてくると言ってきかなくてな。招待客リストにストル王子の名前がなかったが、もしかして連れてきてはいけなかったか？」

別にいけなくはない。

しかしリオール皇子といいストル王子といい、王族ってやつは暇なのか？　忙しいかな、と遠慮して招待状作らなかったのに、ちゃっかり潜り込んでいるなんて。

……じゃなくて！　さらっと聞き流したが、今なんて言った？

「ストル王子⁉」

思わず二度見してしまう。

まさしく王子様的な金色の輝く髪に、雪のように白く、シミ一つない肌。すっきりと痩せた体には程よく筋肉がついていて、笑顔がまぶしい正統派のイケメンだ。

「え、変身？　悪魔と契約でもしたの」

「何わけのわからないこと言ってるんだ。リンが渡したんだろう、あの恐ろしいメイド人形を」

「恐ろしい？」

若干顔を青ざめさせて、わずかに震えるフェイルクラウト。何があったんですかね。

「あの容赦ないスパルタぶりは、見ているだけで吐きそうだったぞ。そのおかげで、数ヵ月で王子は見違えるようにお痩せになったが」

……スパルタの内容は聞かないでおこう。精神衛生上よくない気がするし。

ともあれ、メイド人形の効果はヴィクターといい、ストル王子といい、恐ろしいまでに相手を変貌させるな。さすがダイエットに特化したスキル構成なだけはある。

しかし、痩せるのはいいが何かを失いそうな気がする。うん、何かはわからないけどね。なにせ、勇者をして青ざめさせるくらいのしごきだからな。怖っ。

フェイルクラウトと色々話しつつストル王子の変貌を眺めているうちに、いよいよ餅つきが始まった。

昨日オルトとメロウズ、それにメイド人形の「まつ」と「たけ」に、がっつり餅つきのイロハを叩き込んでおいたのだ。

ちなみに「うめ」は、裏で料理の盛り付けとかお茶出しなどの給仕を担当している。ストル王子からは今日だけ返してもらう予定だったのだが、あの変貌ぶりからするに、もういらないんじゃないかな。

さて、他にも招待状を出していない人はいるので、疑問を解消しに行こう。

「で、どうやってお餅パーティーのこと知ったの？」

ぴったりと息の合った見事な餅つきを眺めつつ、ささっと近寄ってリオールに問いただしてみる。

「ん？」

「だから、リオールにもイタチョーにも村長にも、招待状は出してないよ」

「ああ、そのことか。けちけちせずに出せよ、招待状くらい」

「いや、忙しいかと思って。遠いし」

「忙しいが、少しくらいなら時間は作れる」

「そう？」

って、そうではなく。

「お前のところの妖精がやってきて知らせてくれたんだ。『お嬢が来て欲しがっとるから、よかったら来たってな〜』とか、若干イラッとする口調で言い逃げしていったぞ」

犯人は奴か。

「へえええええ」

別にいいけど、一言断って欲しいよね！

リオールと話しつつ蚊トンボをどうしてくれようかと思っていると、一回目の餅つきが終わった。

私は早速できたてのお餅が載せられたテーブルに近寄る。

「美味《おい》しそ〜」

ホカホカのつきたてのお餅は、やっぱり初めは黄《き》な粉《こ》か餡子《あんこ》をつけてそのままいただくのがセオリーというものであろう。

「ふおおお、餅というものは美味《おい》しいですの」

もち米を作ってはいても、あまりお餅を食べたことがないという村長さんはものすごく感動していた。

「ほうほう、これはまた、この前食べたお雑煮《ぞうに》というものとは全くの別物だな」

「ですね。これは美味《うま》い」

ストル王子もフェイルクラウトも気にいったらしい。

「あら、変わった食べ物ですわね。王都どころか、近隣各国でも見たことがありませんもの。わたくしのお店でも出してみたいですわ。他の食べ方もあるのかしら？」

「そうだねえ。日持ちがするかどうかにもよるけど、何か売り方を考えれば本店でも扱えるかもしれない」

フェリクスとルイセリゼの、ライセリュート姉弟にも好評のようだ。

「へえ、いけるわね」

「あら、こんなに伸びる食材なんて初めてだわ」

「ほう、うまいな」

アリスやフロスト兄妹も黙々と食べている。他の人たちも美味《おい》しそうに食べてくれて満足です。

この後どんどん料理を出す予定だから、お餅は小さめにしてある。お餅って結構お腹にたまるし、すぐ満腹になるからね！

でもまあ、正月に食べるお餅って、軽く十個はいけるような……あれってなんでだろうな。正月マジックか。三日で確実に三キロは太っていたという苦い思い出が。

オルトたちが第二弾をついている間に、私は残ったお餅を料理するべく、いったん裏に下がる。

とはいっても、ある程度は昨日のうちに仕込んであるから、お餅を加えてテーブルに並べるだけだが。

「そろそろいいよ、『うめ』、どんどん並べて」

「かしこまりました」

メイド人形「うめ」はそう言って頭を下げると、驚きのスピードで料理を運んでいく。

私はその間にグラタン作り。グラタンは温かいほうが美味《おい》しいしね！

というわけで、【料理】スキルを駆使して張り切って作ります。

私がグラタンを仕上げている間に第二弾のお餅ができたので、それも調理する。

「手伝うか」

ひょっこり顔をのぞかせたイタチョーにも手伝ってもらって、ひたすら【料理】スキルを使い、料理を作り続ける。

お餅第三弾は草餅だ。美味《おい》しいよね、草餅。白餅より餡子《あんこ》が合うと思うな。

「おはぎとかは作らないのか？」

「おはぎ？　いいねえ、作ろう作ろう」

まだもち米の残りがあったので、おはぎも作成。

「母上、そのあたりでやめにしておいてください」

イタチョーとアイデアを出し合い料理作りに没頭していると、グリーが顔を出してそう言った。

「え～」

これからが本番なのに。まだおろし和《あ》えとか、しゃぶしゃぶとか作る予定なんだよ。

「また後日にしてください。すでに招待客の腹は満たされております。あのスラヴィレートでさえ、もう食べられないと」

「……ええ～、魔王って小食なんだね」

「母上、どれほど調理されたか覚えておられますか？」

言われて、うーんと考えてみる。

オルトとメロウズがここにお餅を持ってきたのは一回、二回、三回……おお、確かにすっごく作った気がするよ。それはもう食べられないかもねえ。

「確かにグリーの言う通りかな」

「おお、俺もものすごい量を作ったような気がするぞ。じゃあお開きにするか」

「そうだねえ」

実のところ、私も味見と称してちょこちょこ食べていたのでお腹がいっぱいだ。

少し残念ではあるが、このあたりでお餅パーティーはお開きにしたほうがいいだろう。

なかなか盛況だったので、お餅パーティー第二弾もまた開催しようかな。ちょっと考えとこ。

私は会場……と言っても家の庭なんだけど。とにかく会場に行って、お開きにする旨を告げる。

すでに、ちらほらと帰っている人もいるみたいだけど。

みなさん満足されたようでうれしいよ。和食の魅力は日本以外にも通用するってことだよね。

余った食料を保存容器に入れて、メイド人形が配っている。みんな、どんどん周りに広めてね～。

「あ、言い忘れてた。お餅って……」

「うおぷ」

おおお、と喉を押さえて倒れる人物が一人。

「喉に詰まることがあるから気をつけてって、今言おうとしてたのに……」

喉に餅を詰まらせるという典型的な、しかしおそらくこの世界初であろう体験をしたラグナ少年を助ける私。

「はあああ、死ぬかと思ったぜ」

「そりゃあ、餅を喉に詰まらせて亡くなる人って結構いるからねえ」

「そんな危険があるなら初めに言えよ！　お開きになってから言うとかおかしいだろ！」

怒られた。すみません。

いや、でも言い訳させてもらえるなら、子供でもお年寄りでもないのに喉に詰まらせて生死の境をさまよう人は滅多にいないからね？

慌てすぎなんだよ、と、つい呆れた目でラグナ少年を見てしまった私であった。

◆　◆　◆

さて、お餅パーティーも無事に終わり、一段落した。

それから数日後、同居人たちと朝食をとっていたのであるが。

食べながら、私は次の計画を考えていた。

私の農園はかなり広がった。

初めは荒れていたこの土地に、今は屋敷ともいえる家が建ち、野菜畑に果樹園、ハーブ園、さらには養蜂にヘビだが牧場まで作っちゃった。そのうえ、水田もできた。

しかも農業ばかりをやっていたわけではなく、異世界もかなり堪能した。同居人に至っては竜から始まって妖精、ドワーフ、メイド人形、幻の謎種族までいる。

だが――

「農園に、まだ足りないものがある」

「って、ちょっと待てやお嬢」

「何？」

「何やないわ。これだけ広げればもう十分やろ。まだせなあかんことあるんかい」

ナイス、蚊トンボ。

「よくぞ聞いてくれた！」

得意になって胸を反らした私とは対照的に、蚊トンボは同居人たちの「余計なことを聞いたな」という非難を込めたトゲトゲしい視線を一身に受けている。

「もちろん、大事なことがあるよ、それは魚の養殖さ！」

和食に魚はつきものだよね！　和食で育った私は、魚が大好きだ。煮つけも塩焼きも刺身も、何でも好き。というわけで、美味《おい》しいお魚が食べたいのです。

でも、この辺りは内陸なので、新鮮なお魚を手に入れるのは難しい。輸送すればいいけど、コストと手間がかかる。それならいっそ養殖しちゃえってなもんだ。

今ならシルヴィリアという水のエキスパートと、ラグナ・ラウロという強い味方がいるのだから。今やらずして、いつやるというのか。

そうだろう？

一通り説明して、同居人たちを見回してそう問うたが、なぜだか肯定的な反応は返ってこなかった。

あれ？

「わざわざ養殖せんとっても、魔王とかおるんやからとってきてもらえばええやん」

いや、そうじゃないでしょ？

「養殖ってロマンよ？」

ゲームではそこまで手を広げられなかったのが、非常に悔やまれるんだよ。

「意味わからんから」

く、蚊トンボの抵抗が激しいな。だが、私は負けないのだ。

「いやいや、現場を見たらきっと感じるものがあるに違いないよ。というわけで、一週間後にみんなで繰り出すよ」

「「「どこに？」」」

おおう、息ぴったり。

「もちろん、ラウロ家の研究学園だよ。ラグナから許可が出たからね。一家で行っていいってさ。ついでにフェリクスとルイセリゼも来るらしいよ」

餅つきパーティーのときに、ラグナがその朗報を伝えてくれたのだ。

「拒否権は」

「ないに決まってるでしょ、オルト」

何言ってるんだか。

「ちょっと、農園はどうするのよ」

「心配しなくても一日くらい大丈夫だよ、メル。それにメイド人形たちがいるじゃない」

私がにっこりと笑って言えば、なぜかそこかしこから諦めたようなため息が聞こえた。

まあ、実際見れば皆楽しいって！

こうして私は水田とヘビ牧場を手に入れ、次のステップへと進むのであった。

番外編　ラグナ少年の恋

俺の名はラグナ・ラウロ。

今年、十五歳になったばかりの若輩《じゃくはい》であるが、竜騎士団に所属するという名誉を得た俺は、自分で言うのもなんだが、将来を嘱望《しょくぼう》されるエリートだ。

ラウロ家は爵位を持つ家柄であるということもあり、今、貴族のお嬢様方から熱い視線を送られている。

だが、剣の道を究めることに忙しく、女性に対して興味が持てなかった。

そんな俺を変えたのは、一人の少女との出会いだった。

まさに運命と言っても過言ではないだろう。

その日俺は、先輩の騎士であるグリフィス・ロウとともに騎士団の使いで食材ギルドへと赴《おもむ》いた。

なんでも新しい迷宮が隣国で発見され、その迷宮からの発掘品の中に、騎士団長が求めている珍しい素材があったのだとか。ギルドから連絡が来たため、受け取りに行って欲しいとのことだった。

「その素材って、そんなに珍しいものなんですか?」

「ああ、珍しいうえに需要も多く、まともに待ってたら手に入るまでに何年もかかる代物《しろもの》なんだとさ」

「へえ、それは楽しみですね」

実は何を受け取りに行くのか、俺は知らされていない。先輩は知っているらしく、見てのお楽しみさ、と笑って教えてくれなかったのだ。

騎士団の詰め所は、食材ギルドからさほど遠くない。俺たちは早足で歩き、あっという間に着いた。

「さて、受付は……」

「うわっ」

食材ギルドへは実家の用で何度も来たことがあり、気が緩んでいたのかもしれない。先輩が受付へ行った後、俺はよそ見をしていて誰かにぶつかってしまったのだ。

「いった〜」

見れば、誰かがカウンターに突っ伏している。俺がぶつかってしまったせいで、どうやら頭を打ったらしい。顔見知りのギルド登録継続受付係のアリスが、俺を咎《とが》めるように見ていた。

いや、しかし仕方がないともいえる。この継続受付のカウンターに、まさかお客がいるなんて思わないだろ？　アリスがまともに仕事しているところなんて、月に一度見るかどうかだぞ？

そんなことを考えつつ、まあ、俺が悪かったんだから、と手を差し伸べてみれば、そこにいたのは今までに見たこともないような可憐《かれん》な少女だった。

つややかな黒髪。夜空のごとくきらめく黒い瞳。紅くてふっくりとした唇。白魚のような美しい手。

あとになって思い返してみれば、これがいわゆる一目惚れ、というやつだったのだろう。

少女は俺がぶつかったことを怒っているのか、ものすごく不機嫌そう……というより、全く表情がない。驚くほど無表情だった。

「あっ、ごめんよ。大丈夫かい？」

とにかく謝ってみる。

「ほんと、ごめんよ。……えっと、怒ってる、よね」

よほど不機嫌なのか、少女は無表情のまま。

「いや、謝ってもらったし、特に怒ってはいない」

鈴が鳴るような可愛らしい声ではあったが、無表情かつ平坦な口調でそう言われても、困惑してしまう。

すると、アリスが助け舟を出してくれた。

「あ、大丈夫よ。彼女は元々こういう無表情で無愛想な子なの。本人が怒っていないと言うなら、本当に怒っていないのでしょう」

「はあ、そうなんですか」

軽い口調で笑顔で言われて、俺は首を傾げる。

「そうよ、だから気にしなくていいわ。ということで、その手を放しなさい」

一段低くなった声でそう言われて、俺はいまだに少女の手を握りしめていることに気づいて慌てて放した。

「ラグナ、リンが可愛いから気にしてるんでしょう。いつも全然愛想がないのは、あなたのほうだものね。ぶつかったからって助け起こすところなんて、初めて見たわ。でも言っておくけど、あなたにリンはあげないわよ？」

リンっていうのか。名前も可愛いらしい。って、そうじゃなくて。

「無愛想だなんて、そんなことはありませんよ。誤解を招く発言はやめてください、アリスさん」

少女に悪い印象を持たれたら、どうしてくれるんだ。

そう思ってアリスを見ると、笑顔なのに目が全く笑っていない。リンに遊びで手を出そうものなら、間違いなく殺《や》られると確信できる目つきだ。

ともあれ、まずは俺のことを知ってもらわねば。

そんなわけで、気取って自分のことを「僕」とか言って自己紹介をしてみた。

リンは一言名前を言っただけだったが、それでも答えが返ってきたことに、俺は舞い上がりそうだった。

とにかく話を続けねばと思い、話題を探す。

と、意外にもアリスが俺のことをリンに紹介してくれた。

リンは俺の実家が経営する研究学園に多少、興味を持ってくれたようである。もしかしてこのまま学園の話をしたら、俺にも興味を持ってくれるかも……？

それにしても、アリスはよく知っているな。一体どうやって情報を集めているんだろう。

「えっと、それで……」

とはいえ、学園に直接関わっているわけではないし、何から切り出せばいいのかわからないな。

それでも何とか話を繋げようと、ない知恵を絞って考えていたのだが、とうとう先輩に見つかり、引きずって連れていかれてしまったのだった。


その後も気になってチラチラとリンを見ていた。

先輩が離れた隙《すき》にサササッと近寄り、また話しかけてみる。

すると、やはり変わらぬ無表情で平坦な口調ながら、きちんと答えが返ってきた。

無表情ではなく、こぼれるような笑みを浮かべてくれたらどれほど可愛らしいことか。

俺はこの時初めて、女の子の笑顔を見てみたいと思った。いまだかつて貴族の子女には抱いたことのない感情である。

先輩に再び引きずられて強制的に連れ去られるまで、俺はリンの側《そば》を離れることができなかったのだった。

「なんだお前、本当にあの女の子に惚れたのか？」

先輩がニヤニヤしながら聞いてきたので、自分なりに考えて、俺はその時初めて一目惚れしたのだ、と気づいた。

騎士団に戻ってから先輩がこのことを話したせいで、周りに散々からかわれたのは苦い記憶である。

◆◆◆

その後何度か王都でリンを見かけたが、声をかけることはできなかった。

リンと親し気に話をしている、年の離れた友人でもあるライセリュート家のフェリクスが非常に羨《うらや》ましい。ちょっと妬《ねた》ましい。

そんなことをこぼしたら、フェリクスは肩をすくめた。

「……はあ、冗談だろう？　僕はリンに恋してはいないよ。言うなれば、妹のようなものかな」

くすくすと笑ってそう言うフェリクスは、いくつかアドバイスをくれた。

「彼女は相当手ごわいよ」

そんな風に言われたが、当時の俺はその手ごわさが全くわかっていなかった。

まさか異性として見られるようになるまでが難関だなんて、一体誰が思うだろうか。

「リンの趣味は農園だからね」

「農園？」

年頃の少女としては変わった趣味である。今まで聞いたことないな。せいぜい、庭師に家庭菜園をさせている風変わりな令嬢の話を耳にした程度だ。

「そう、だから農業をある程度勉強しておくと話が合うかもね」

「そ、そうか」

農業なんかには全く興味はないが、彼女と話すためだ。

俺はその日から、せっせと食材ギルドのアリスのもとへ通い始めた。

アリスは生温《なまぬる》い笑みと同情を浮かべながらも、わりと丁寧に教えてくれた。

彼女によれば、リンはどうやらライセリュート家の長女であるルイセリゼとも親しいようだ。

早速、ルイセリゼの店に行って話を聞くことにした。


「リンについてですの？　それはまた……ふふ、そうですわね。確かに彼女はとても可愛らしいですものね」

アリスと同じ、生温《なまぬる》い笑みと同情を浮かべて俺を見るルイセリゼ。

「彼女は手ごわいですわよ」

「わかってますよ、ルイセリゼ。でも俺は彼女がいいんです」

必ず振り向かせて見せます、と言えば、ころころと笑われた。

「リンは食べることが大好きですわ」

そう言って、リンが作ったというお菓子類とハーブティーを出された。

クッキーを一つ口に入れてみる。

「うまっ」

今まで味わったことのない美味《おい》しさだ。結婚すればこれが毎日食べられるのかあ。

リンが笑顔で手作りのお菓子を出してくれるところを想像して、思わずニヤニヤしてしまう。

「幸せな妄想に浸っているところを悪いのですけれども、ラグナ。とりあえずリンを振り向かせなければどうにもなりませんわよ」

わかっている。

「それから、リンに想いを寄せている殿方は、あなたが思っているよりも多くおりますわ。邪魔者扱いされて排除されなければよいですわね」

く、黒い！　ルイセリゼの笑顔が黒すぎて怖い。

以来、俺はアリスのところへ行ったあと毎日ルイセリゼの店を訪れ、リンの作ったお菓子を食べるのであった。

王都でのリンは、基本的にライセリュート家の商店か食材ギルド、ルイセリゼの店くらいにしか立ち寄らない。

常に無表情かつ早足で歩く彼女は、街の一種の名物として認識されていた。

なんでも、彼女に出会った日にはいいことが起こるとかなんとか。何のまじないだ。


俺は、とうとうリンと一緒に遠出することとなった。

といっても当然二人きりではないし、俺はコウハクモチ？　の調査という仕事なのだが。

しかし、隣国への旅だ。たとえ大人数であっても期待は高まる。

ちなみに、勉強した成果は全く出せなかった。そもそも二人きりで話す機会がない。主に彼女の同居人が邪魔で。あとアリスも、邪魔しすぎ。

そんな不満はありつつも、俺は今、リンとともに隣国ロウス皇国の辺境、メーティル地方に来ている。

好きな少女との旅であり、俺の胸は高鳴るばかりだ。

仕事とはいえ、彼女の側《そば》にいる正当な理由がある。シチュエーション的にはばっちりだろう。これは猛アタックするしかない。

だが、なかなかそうはいかないのが現実というものだ。

はっきり言って、リンの周りには魅力的な男性が非常に多い。少し親密になってから初めて気づいた。

そしてルイセリゼの言葉が、黒い笑顔とともに思い出される。

まずは同居人で、今回は留守番だというオルト、メロウズという青年たち。本来はドラゴンだぞうだが、必要に応じて人の姿になっているようだ。

真面目そうなオルトに、少し軽そうなメロウズと、タイプは違うが、二人とも顔はこれでもかというほど整っている。大概の女性は、微笑まれただけで恋に落ちるだろう。

さらに、しょっちゅう農園に手伝いに来るというパーティ「吹き抜ける風」メンバーの一人、スレイ。

彼はAランクの冒険者で、剣の腕前は折り紙付きだ。そのうえ貴重な回復魔法の使い手でもあり、各所から引く手あまたの優秀な冒険者である。

そんな彼は、暇があるたびにリンの農園へ来ているのだとか。怪しい。怪しすぎるだろう。

そしてグリーという少年。俺やリンと同じくらいの年頃の、可愛らしい顔をした少年である。

なぜかリンのことを「母上」と呼んでいるが、あれは明らかに恋する瞳だ。

さらに隣国の皇子であるリオール。いまだ独身の彼は、誰がどう見てもリンに恋をしている。俺にとって最大のライバルだ。

その他にもちらほらと見える男性の影。

リンの周りには本当に魅力的な男性が多すぎるし、しかも皆リンに好意を持っているように思う。

別にリンに惚れているせいで過敏になっているわけではないぞ、断じて。

実は魔王だという――本当かどうかは怪しいが――グリーに牽制《けんせい》され、なかなかリンに近づけない俺は、先輩の教え通り、周りから攻略することにした。

先輩によれば――

『いいかラグナ。女ってのはな、暗示にかかりやすい生き物なんだ。周囲の奴が、しかも親しい友人なんかがそいつの長所をどんどん挙げて、「この人は最高だ」とか言って褒めまくると、初めはそんな気はなくても女はだんだんそいつに恋してる風に勘違いするってなもんだ』

『勘違いじゃダメじゃないですか』

『へっ、わかってねえなあ。いいか、初めは勘違いでもいいのさ。一旦恋してるかも、と思わせちまえばこっちのもんよ』

そう言って事細かにその後も蘊蓄《うんちく》を語ってくれた先輩は、先日四十回目のお見合いに失敗したらしい。泣きながら「俺が振ってやったのさ！」とか強がっていたけど。

だが周囲の人物を巻き込み、味方につけるのはいい作戦だと思われた。

というわけで、俺が白羽の矢を立てたのは妖精だ。オンセンヤドに突然現れた、今まで見たこともないようなヘンテコな妖精である。

何が変なのかといえば、その妖精はおっさん顔である。しかも若干くたびれていて、ぐるぐるの瓶底眼鏡をかけている。可愛さはゼロを通り越してむしろマイナスだ。

なぜ俺はそんな変な妖精に声をかけたのか。それは一行の中でリンが一番気やすく、しかもどことなく楽し気に声をかけていたからである。

俺が正直にそう言うと、妖精はにんまりと笑った。

「やっぱりそう思うんか。そやなあ、お嬢はあっしを信頼しとるからなあ」

ぐふふと笑い、任せとき、と胸を叩く。……人選を誤ったかもしれない。

俺は蚊トンボと呼ばれるおっさん顔の妖精にリンのことを聞く。情報取集は攻略への第一歩だ。

「趣味は？」

「農業やな」

「好きなものは？」

「珍しい食いモンや種やな」

「得意なことは？」

「料理やな」

「……プレゼントするなら何がいい？」

「もちろん珍しい種とか食材の情報やな」

……聞いてはいたが、本当にブレないな。そこがまた魅力的なんだが。

しかし、この情報ではリンの攻略法がさっぱりわからないな。今まで得た情報とほとんど変わりないし。

それにしても、なんでみんな俺がリンに恋していることがわかると、同情するような生温《なまぬる》い視線を向けてくるんだ。それだけ攻略が困難ということなのか？

「ところであんさんのその口調、そっちが素なんか」

「あ、ああ」

「せやったら、その話し方のほうがええで。お嬢の前でだけ気取った口調は気持ち悪いわ」

そこまで不評ならと思い、俺は仕方なくリンの前でさりげなく素の話し方にし、一人称も「俺」に戻してみた。

「あれ、ラグナって『俺』って言ってたっけ？」

少しして、リンが気づいてくれたので、こっちが素なのだと告げると「そのほうがいいよ」と小さく笑ってくれた。

笑ったリンは想像以上に可愛らしく、俺はさらに高鳴る胸を抑えることができなかった。

「母上、お気をつけくださ い」

「？」

リンには意味がわからなかったようだが、俺はさっと青ざめた。

大抵のことには動じないタフさがあると自負しているが、魔力のこもったグリースロウの視線の威力はすさまじかった。弱い魔物なら、一睨みだけで命を落とすだろう。俺も危うく失神するところだった。

しかしながら、危険はあればあるほど、山は高ければ高いほど俺は燃える主義だ。それだけリンが魅力的なのである。

風呂上がりにリンと話すための作戦を練っていると、いつの間にか歓楽街へ行く話になっていた。

なんでも、そこにグレアーという魔物がいて、その魔物が落とす素材が欲しいのだとか。

どうしてそんな話になったのかはよくわからないが、魔物のもとへ向かうのであれば、もちろんついていくに決まっている。俺は騎士だからな。

いざとなればリンを守らなければならないだろう。好きな女の一人も守れぬなら、騎士は名乗れない。

道中は特に問題なく、目的地にたどり着いた。

だが、そこそこの広さがありそうな小屋の前で、声だけが聞こえるという奇妙な現象。

声の主は、驚くほど小さな人だった。リンがこの小人に渡すはずの手紙が大きすぎると困っていたが、小人に合わせて手紙を書くことなんてできるはずがない。

リンの発言と小人の小ささとが相まって面白く、笑い転げていたら、俺はなぜか強制転移させられてしまった。

って、ちょっと待てぃ！

いや、確かにこの小人は吹けば飛びそうだなあとか思ったし、あまりに小さすぎるからついつい正直な感想を言ってしまったが、だからといってこれはないだろう。

「なんでこんなところに飛ばされたんだ！　どうなってんだ」

俺は頭を抱えた。

あとでわかったことだが、俺が飛ばされたのは、街の近くにある小さい——とはいえ案外深い——洞窟だった。

「おいおいおい」

とにかく、その時の俺には一体どこなのかさっぱりわからなかったので、ゆっくり慎重に進んでいく。

二つほど分かれ道があったのでどちらも右に進んでみれば、奥の方から大きな声が。

「げ、オークか」

豚に似た醜悪な顔つきの大柄な魔物だ。三匹いて、酒を酌《く》み交わしている。

傍《かたわ》らにはボロボロの衣服をまとっておびえている二人の少女。

岩陰から様子を窺《うかが》っていたら、どうやらこの二人の少女を賭けて酒の飲み比べをしているようだ。

一匹はすでに酩酊《めいてい》していて、今にも潰《つぶ》れそうである。その様子を見ていた残りのオークはげへへへと笑い声をあげ、舐《な》めるような視線で二人の少女を見ていた。

「ちっ」

少女たちを放っておくわけにもいかない。俺は騎士なのだ。戦えない市民を守るのが仕事である。ここで見捨てるようなら、騎士の風上にも置けないだろう。たとえそれが隣国の民であっても、力ない少女たちを見捨てることなど、俺にはできない。

オークは強いが、酒に酔っているこの状態ではまともには戦えまい。俺のほうに分《ぶ》がある。

俺は先に酔いが浅そうなオークの背後に回り、不意をついて剣で攻撃。残りの二匹も一気に切り伏せる。

思ったよりも酔いが回っていたらしく、初めのオークは俺に気づく前に地に倒れ、残りのオークも足がよろよろしていて全く戦闘にならなかった。

「あ、あああ」

少女たちは怯《おび》えた目で俺を見ていたが、俺が隣国の騎士だとわかるとほっと息を吐いて肩の力を抜いた。

よくよく見れば、一人は猫の獣人で、もう一人はウサギの獣人族だった。

「あ、ありがとうございます、騎士様」

うっとりとした目で俺を見上げてきたのは猫耳の少女。ウサギ耳の少女も、やはり同じような視線を俺に向けてくる。嫌ではないが、鬱陶《うっとう》しいなと思った。

これがリンならば、小躍りして喜んだところなのだが。世の中とはままならないものである。

俺は少女たちを伴い、洞窟の外へ出るべく歩を進める。

しかし、行く手にまたもや魔物が。

「オークの次はトレントか」

はっきり言って、面倒だな。

オークのような戦士タイプの魔物は俺と相性が良く、倒すのもそこまで苦労しないのだが、トレントのような魔法で攻撃してくるうえに斬撃が効きにくいタイプは苦手なのだ。

とはいえ、俺の後ろには守るべき少女たちがいる。逃げるわけにはいかない。騎士の誇りにかけて。

「かかって来い！」

俺は気合いを入れると、剣の柄《つか》に焔《ほのお》の魔法玉を埋め込み即席で魔法剣を作る。

トレントの前に飛び出し剣を構え、一気に決着をつけるべくスキルを使う。

「【ダブルスパイラル】！」

炎をまとった斬撃を二度、高速で繰り出すと、トレントは四つ切りになって炎で燃え尽きた。

「……やけに手ごたえがないな」

通常ならば、もう少し苦戦してもおかしくないはずの相手。

何か変だとは思いつつも、俺は深く考えることはしなかった。そもそも、考えることは苦手なのだ。

とりあえず俺は少女たちを連れて洞窟を進む。

途中で何やら草が生えていたので近づいてみれば、赤い実がなっていた。二十本くらい群生していたので、採取して手持ちのバッグに詰め込む。このバッグは、見た目の容量の三倍ほどを収納できる魔法の品物なのだ。

見たことのない植物だし、もしかしたらリンが喜ぶかも。プレゼントする前に、フェリクスに見せてみよう。

「もう少しで出口じゃないか」

先の方に光が見えたので、少女たちを振り返って声をかけた。

しかし、そこで俺が見たのは、真っ赤な大きな口。

「なっ」

少女たちが巨大な口を開けて、今にも俺を食おうとしていたのだ。

俺は慌てて後ろに飛びのいた。ふう、間一髪だったぜ。

「あら残念ねえ」

クフフフ、と猫耳の少女が笑えば、ムフフフ、とウサギ耳の少女も笑みをこぼす。

「本当。バカそうだから簡単に食べられてくれると思ったのにねえ」

ひどい言い草である。どうやら二人の少女もまた魔物のようだ。おそらくは、食べた人物の姿かたちを乗っ取るドッペルゲンガーだろう。

俺は剣を抜いて飛びかかった。

二人とも動きが素早く、剣の攻撃は幾度《いくど》となく避けられてしまったが、目が慣れてくれば十分捉えられる速度だ。

猫耳の少女の爪と、ウサギ耳の少女の鋭い牙が同時に襲い掛かってきたとき、俺は飛びのきながら高速の連撃を繰り出した。

剣はそれぞれの急所を的確に捉え、二人はそのまま地に伏した。

楽勝だったな。こう見えても最年少でエリート中のエリート、竜騎士に選ばれるだけの実力はあるのだ。自慢じゃないが。

「ん？　なんだこれ」

俺はドッペルゲンガーを倒した後に落ちていたものを拾う。それは種のようなものだった。

「種、か。何だろうな。結構な量が落ちてるけど、これもリンに渡したら喜ぶかな？」

想像して、ニヤニヤしてしまう。その前に、これが何かを確かめなくてはならないのだが。

これもフェリクスに相談してみるか。ついでにあの変な妖精にも。仮にも妖精なのだから、植物には詳しいだろう。

◆　◆　◆

「……というわけで、その時手に入れたのがこれなんだが」

後日、俺はルイセリゼの店にフェリクスとおっさん妖精を呼び出して、先日洞窟で手に入れた植物と種を見せてみた。

「うーん、この赤い実は見たことないなあ、それに種だけじゃ、さすがに僕もわからない」

「あっしも見たことあらへんわ」

うーんと考え込んでいた妖精が何かを思いついたのか、ポンと手を叩く。

「とりあえず調べてみたらええやん。【スキャン】【ポイズンチェック】」

妖精が使ったのは、水属性の中級魔法だ。【スキャン】は食べられる植物なのかどうかを、【ポイズンチェック】は毒の有無を調べることができる。【スキャン】だけでは、多少の毒であれば食べられると判断されてしまうから、念のために二重にしたのだろう。

「とりあえず毒はないみたいやし、どっちも食べられるもんには違いないで」

「だったら、調理してみたらいいんじゃないかな」

フェリクスは明るく言い、ルイセリゼを呼ぶ。

「姉さん、少し厨房を借りたいんだけど、いいかな？」

「厨房ですの？　あちらの小さいほうであれば構いませんけれど」

怪訝《けげん》そうに首を傾げるルイセリゼに、詳しい説明をするフェリクス。

「まあ、それは面白そうですわね」

ルイセリゼも目を輝かせて植物と種を見る。

「美味《おい》しいものでしたら、きっとリンも喜びますわよ」

「そうだといいな！」

俺も何となくうきうきしてきた。種はともかく、この赤い実のほうは色合いも良く、美味《おい》しそうだ。

「そうと決まれば、あとは調理法やな！」

妖精もノリノリである。

「うーん、実は簡単に焼くか、それとも何かに入れてみる？」

「そやなあ。それなりに数があるし、色々試してみたええんとちゃうん」

「そうですわね。生はさすがにやめたほうがいいかしら？」

「詳しいことがわかってるわけじゃないから、いったん加熱したほうが安心かもね」

ルイセリゼの言葉に、フェリクスが苦笑する。

まあ、毒はなくても何があるかわからないしな。よくわからないものを生で食べるのはちょっと。

「だったら、刻んでカップケーキに入れてみるのはどうだ？」

俺の言葉に、妖精が頷く。

「ええな。あとはそやなあ、種はスープに浮かべてみるか？」

「いいかもしれませんわね。クッキーに入れるのも美味《おい》しそうですわ」

様々にアイデアを出し合い、試しに作ってみることにした。

赤い実はカップケーキ、クッキー、それにシンプルに実だけを焼いてみる。

種のほうは、やはりクッキーに混ぜるのと、あとはリンが考案したドーナツというものに混ぜてみることに。それと、スープにも入れることになった。

味がわからないと意味がないので、量はそれなりに多く入れる。

「って、それ入れすぎだろう、ラグナ！」

「そうか？　だがフェリクス、少なすぎても味がわからないだろ？」

「そうかもしれないけど……」

「思い切った入れ方するなあ、あんさん。まあええんちゃうか、あんさんの言うことにも一理あるしな」

「そうですわね。味がわからなくては意味がありませんものね」

ルイセリゼと妖精も俺に賛同してくれたので、フェリクスは渋々、といった様子で頷いた。

「なんか嫌な予感がするんだよねえ。僕の【直感】のスキル、当たるんだけどなあ」

ぶつぶつ呟いているフェリクスは置いておいて。

「さて、焼けましたわ」

カップケーキが初めにでき上がる。真っ赤な色合いが非常に美味《おい》しそうだ。

「こっちもええ具合に焼けたで」

妖精もこんがり焼けた実を見せてくれた。焦げる直前で上手に引き上げていて、いい香りがする。

その後、クッキーとスープ、ドーナツもでき上がり、さっそく試食会をすることになった。

「じゃ、まずはラグナからどうぞ」

フェリクスが笑顔で勧めてくる。妖精とルイセリゼも同じような笑みを浮かべて、俺に試食を促した。

美味《おい》しそうなので、初めに試食するのは問題ない。腹も空いてきているし。

「では、いただきます」

きっちり手を合わせて、まずはさっきから食欲をそそってくるカップケーキから。

「……」

「どうだ？」

「美味《おい》しいですの？」

「どうなんや？　さっさと言わんかい」

そう言われても無理だ。

「かかかかか」

「「か？」」

「辛い!!」

激辛である。唇が腫《は》れているんじゃなかろうか。驚くほど辛い。死にそうに辛い。

「姉さん、水！　とりあえずこのスープを……」

俺の反応に、慌ててフェリクスがスープを渡してくる。確かに水分あればよくなるかもしれない。

俺は奪い取るようにして、スープを飲み干した。

「ぐはっ」

……もう俺はだめかもしれない。こっちも辛い。しかも種類の違う辛さだ。うまく表現できないが、なんとも言えない味である。

「み、水……」

力を振り絞って手を伸ばすと、ルイセリゼが水を渡してくれたので一息に飲み干す。

「た、足りない」

いっこうに辛さが引かない。

「まどろっこしいわ、【ウォーターボール】」

妖精の魔法が発動し、ばっしゃん、と水の塊が頭から振ってきた。

「うわっ！」

「どうや」

「……あ、少し良くなってきた」

まだ口がひりひりしているが、さっきよりはマシである。

「おっそろしい食いモンやな」

「本当に毒じゃないのかい？」

気になったのか、フェリクスが妖精に確認したが、妖精は首を傾げてそれでも頷いた。

「それは間違いないで」

「だったら、使いどころが違うのかもしれませんわね」

ルイセリゼの言う通り、使い方が間違っているのかもしれない。

それにしても辛い。あと、なんか苦い。

「リンは案外喜ぶかもしれないな」

「せやな、辛いもんはあんまりないからな。調味料なんかに使えるかもわからん」

フェリクスと妖精が頷き合う。

調味料か。確かに言われてみれば、これまで辛いものはあまり食べた記憶がない。基本的にこの国の味つけは淡白だからなあ。

「箱に入れて、リンにプレゼントしてみたらどうかな。とりあえず毒がないことはわかったわけだから、大丈夫だろう。リンならうまく使えると思うし、案外これが何か知っているかも」

フェリクスの言葉に、俺は妖精と顔を見合わせて頷く。

「その前に」

ルイセリゼの言葉に、はっとして振り返る俺たち。

「この水浸しになった床を片付けてくださいますわね？」

にっこり笑ったルイセリゼの笑顔は、俺が今まで見た中で一番怖いものであったことは言うまでもない。

◆　◆　◆

後日、赤い実と緑の種を箱に入れて、リンに手渡す。

リンはいつもの無表情でありがとう、と言って箱を開けてくれた。

「うわあ」

珍しく、感動した声を上げるリン。

「それ、赤いほうはものすごく辛くて、緑の種は辛いし苦いし。だから気をつけたほうがいいぞ」

「……は？　どんな食べ方したの？」

俺がリンにどうやって食べたかを説明すると、珍しくリンが笑った。

「あはははは、すごい勇気だね」

褒められた⁉　笑った顔がものすごく可愛い。

「唐辛子をカップケーキに大量に入れて食べるとか、聞いたことないよ。それに山椒をスープにひとつかみ入れるなんて！　あり得ないね！」

ひとつまみならともかく、と言うリン。

もしかして、初めからリンのところに持ってくればよかったんじゃ……

ともあれ、リンが喜んでくれてよかった。

……と思っていると。思わぬ言葉が。

「お礼に、今度この二つを使って美味《おい》しい料理を作ってあげるよ」

なんだと⁉

その言葉だけで、苦労（？）した甲斐があるというものだ。オレの犠牲は無駄ではなかった……と思いたい。なにせ、あのあと二日は口の中の痛みが引かなかったからな。

「楽しみにしている」

これくらいの特典はあってもいいいと思う。

今だけは、魔王グリースロウの突き刺さるような視線も気にならない。そんなことを気にしていたら、リンにアタックなどできはしないからな。

「やったぜ!!」

日取りを決めた後、思わずガッツポーズをしてリンの家を後にする。

リンは鈍い。

はっきり言って、恐ろしく鈍い。

あからさまなくらいでなくては、全く通じないのである。

だが俺は諦めない！

いずれは魔王からも竜からも皇子からもリンを奪い取り、幸せな家庭を築いてみせる、と心に誓うのであった。

大人気小説「月が導く異世界道中」が
PCブラウザゲーム化!
月が導く異世界道中
Tsuki ga michibiku isekai douchu
新たな魔人と共に紡ぐ、
もう一つの「月導」
月が導く異世界道中 PC online game
2017.SPRING
comming soon!!
©Kei Azumi ©AlphaPolis Co., Ltd. ©FUNYOURS Technology Co., Ltd. キャラクター原案:マツモトミツアキ・木野コトラ

とあるおっさんのVRMMO活動記
PCオンラインゲーム
絶賛サービス中
ワンモア・フリーライフ・オンライン
とあるおっさんのオンライン活動記
上級クラス実装で
新たな展開へ!
キャラクター固有のスキルを自由に組み合わせ、
自分だけのコンビネーションを繰り出そう!
詳しくは http://omf-game.alphapolis.co.jp/ へアクセス!
©2000-2016 AlphaPolis Co.,Ltd. All Rights Reserved.

超人気異世界ファンタジー THE NEW GATE
スマホアプリ絶賛配信中！
THE NEW GATE
ザ・ニュー・ゲート
スタートダッシュキャンペーン
開催中!!!
ゲームを始めるだけで豪華アイテムをプレゼント！
大迫力の
本格バトルRPG
ここに開幕——！
【Android】Google Play
【iOS】App Store
でダウンロード！
公式サイトは
こちら
http://game.the-new-gate.jp/
©Shinogi Kazanami ©AlphaPolis Co., Ltd. キャラクター原案: 魔界の住民・三輪ヨシユキ

Re:Monster
ゲームアプリ解放《リリース》中!!
55万
ダウンロード
突破!
※2016年12月31日時点
App Store無料
ランキング（ゲームカテゴリ）
2位!
※2016年2月25日時点
Google Play™ 国内アプリ
新着無料ランキング
3位!
※2016年2月26日時点
「大戦」機能完全リニューアル!
20vs20の大型イベント 定期開催中!
喰えば喰うほど強くなるRPG!
Re:Monster《リ・モンスター》
～ゴブリン転生記～
書き下ろし
マンガも
公開中じゃよ
Wave 5 / 5
残り11:20秒
灼発の斬撃：対象と上下左右のマスに炎熱属性の大ダメージ
MP
残りチケット
×9
アタラクア魔帝国
19戦16勝
3500pt
ルーメン聖王国
17戦16勝
2250pt
シュテルンベルト王国
10戦9勝
900pt
ホーム
大戦編成
大戦
ランキング
報酬交換所
詳しくは
http://remonster.jp/
にアクセス!
【Android】Google Play
【iOS】App Store
で好評配信中!
携帯サイトはこちらから!
©Kogitsune Kanekiru ©AlphaPolis Co., Ltd.

浅野明（あさのあきら）
鳥取県出身。本を読みながら甘いものをつまむのが日課。2013年からウェブ上にて「異世界とチートな農園主」の連載を開始。徐々に人気を得て、2015年、同作にて出版デビュー。

イラスト：灰奈

異世界《いせかい》とチートな農園主《のうえんしゅ》4

浅野明

2017年 1月 31日初版発行

編集－篠木歩・太田鉄平
編集長－塙綾子
発行者－梶本雄介
発行所－株式会社アルファポリス
〒150-6005 東京都渋谷区恵比寿4-20-3 恵比寿ｶﾞｰﾃﾞﾝﾌﾟﾚｲｽﾀﾜｰ5F
TEL 03-6277-1601（営業） 03-6277-1602（編集）
URL http://www.alphapolis.co.jp/
発売元－株式会社星雲社
〒112-0005東京都文京区水道1-3-30
TEL 03-3868-3275
装丁・本文イラスト－灰奈
装丁デザイン－ansyyqdesign
印刷－大日本印刷株式会社

価格はカバーに表示されてあります。
落丁乱丁の場合はアルファポリスまでご連絡ください。
送料は小社負担でお取り替えします。

ISBN978-4-434-22942-8 C0093